UN PORTEFEUILLE TOULOUSAIN

Paru dans Le Livre de Poche :

ARSÈNE LUPIN ET LE MYSTÈRE D'ARSONVAL *(inédit)*

INTRODUCTION À LA LITTÉRATURE FRANÇAISE DU MOYEN ÂGE *(inédit)*

MICHEL ZINK

Un portefeuille toulousain

ROMAN

ÉDITIONS DE FALLOIS

ISBN : 978-2-253-12447-4 – 1re publication LGF

Prologue

L'effort pour retenir au moins un lambeau de son rêve achève de l'éveiller. Maladroit ! S'il ne s'était pas crispé pour s'accrocher au sommeil, s'il s'était laissé dériver les yeux clos, un détail, certainement, se serait attardé juste assez longtemps pour que sa conscience pût le saisir. Il lui livrerait tout le reste, qui maintenant lui échappe. Ce rêve, il pèse encore sur lui, il lui serre la gorge, il lui noue le ventre, et pourtant il l'a entièrement fui.

La nuit est très chaude et très calme. La haute fenêtre est ouverte, mais aucun bruit de la ville ne parvient jusque dans cette cour enserrée entre ses épais murs de brique, derrière son portail bien clos. À l'abri. Il a toujours été à l'abri. De tout cela, il parlait à son aise, à l'abri. Ses plaisanteries sur les juifs. Son approbation sentencieuse, pateline, des lois d'octobre 40 et de l'année suivante. Ses propos faussement modérés, ses arguments faussement nuancés. Ses indignations prudhommesques : « On ne parle pas ainsi du Maréchal ! » Il ne veut pas se rendormir. Il n'a pas le courage de retrouver son rêve, quel qu'il ait été. Mais du courage, il lui en faut plus encore pour rester éveillé, pour contempler ce que voient ses yeux ouverts dans l'obscurité de la chambre. Humiliations. Toutes les brutalités de l'humiliation. Toutes les délicatesses, toutes les subtilités dans l'humiliation. Ce sont toujours les êtres les plus grossiers, les plus bornés, qui les inventent avec le plus d'aisance. Enfants que les parents tentent de protéger, alors qu'eux-mêmes… enfants qui voient leurs parents…

La voix de l'archevêque, rocaille roulant comme un tambour du Midi, résonnant derrière celle de tous les prêtres qui, malgré l'interdiction du préfet, lisaient, ce dimanche 23 août 1942, son mandement épiscopal dans les églises du diocèse de Toulouse. La pauvre voix du cardinal Saliège, aujourd'hui grommelante, grumeleuse et indistincte, comme elle avait su ce jour-là se faire clairement entendre ! « Que des enfants, des femmes, des hommes, des pères et des mères soient traités comme un vil troupeau, que les membres d'une même famille soient séparés les uns des autres et embarqués pour une destination inconnue, il était réservé à notre temps de voir ce triste spectacle… Dans notre diocèse, des scènes d'épouvante ont eu lieu dans les camps de Noé et de Récébédou. Les juifs sont des hommes, les juives sont des femmes… Ils sont nos frères comme tant d'autres. Un chrétien ne peut l'oublier. »

Qu'a-t-il fait, mon Dieu, qu'a-t-il fait ? Justement : il n'a rien fait. Rien fait ? Tout de même, il a fait ce qu'il a pu. Ce qu'il a pu ! Il l'a fait trop tard ! En réalité, il n'a rien pu faire. Toute cette famille. Il les avait vus. Il avait vu les enfants. Il les croyait à l'abri : une maison tranquille, à l'écart de tout. Tous embarqués, dans le dernier convoi ! Et lui, un notable, tranquille des deux côtés ! Il avait à peine couru l'ombre d'un danger. Juste ce qu'il fallait pour que sa conscience soit en paix. Mais comment trouver la paix, comment dormir, quand on y repense ?

Il a fait ce qu'il a pu ! Quelle honte ! Il n'a fait que ce qu'il pouvait !

I

Quelques centaines de mètres à peine, et ils seraient arrivés. Mais place du Salin, les voitures étaient inextricablement imbriquées. Pour la dixième fois, il posa machinalement le coude sur le rebord de la portière et, pour la dixième fois, il le retira vivement. Le métal était brûlant. Sa chemisette de nylon blanc lui collait au dos. Le buste raide, il évitait tout contact avec le dossier du siège. Le skaï rouge bordé de gris était pourtant flatteur sur les photos du catalogue. La publicité vantait sa facilité d'entretien (« un simple coup d'éponge humide... »). Facilité d'entretien méritoire, quand on pensait aux abondants résidus de sueur rance qui par temps chaud s'y déposaient. Une bouffée brûlante, parfumée à l'essence sur un fond de senteurs complexes, rappelant que la ville attendait toujours le tout-à-l'égout, lui plaqua au visage un peu de poussière gluante. Par temps chaud ! Au début du mois de septembre, à Toulouse, le temps est chaud. Il faut être ministre de l'Éducation nationale et ne jamais décoller de son bureau, rue de Grenelle, dans le septième arrondissement de Paris, pour ne pas savoir qu'en septembre, à Toulouse, il fait très chaud. Il faut être aussi borné qu'un ministre de l'Éducation nationale peut l'être, pour avancer la date de la rentrée du 1er octobre au 15 septembre.

Émilien Rébeyrol sentit l'exaspération le gagner et s'agita sur son siège, roulant dans son esprit des propos vengeurs. Monsieur le Ministre trouvait sans doute que les professeurs avaient de trop longues vacances ! Monsieur le Ministre ignorait que les meilleurs d'entre eux les consacraient, ces prétendues vacances, à la préparation de grandes thèses, honneur de l'Université française, qui les occupaient pendant de longues années, au détriment des soins qu'ils devaient à leur famille ! Il enclencha en force la première, qui, après une vaine résistance, protesta par un craquement déchirant (« les vitesses synchronisées se passent du bout des doigts », lisait-on dans le catalogue sous la photo d'une blonde souriante, effleurant d'un index et d'un majeur fuselés le pommeau de plastique gris du levier de vitesses accroché au volant). Il accéléra lourdement, par crainte de caler et d'irriter davantage l'imbécile qui klaxonnait derrière lui, et embraya brutalement. Les deux malheureux cylindres du moteur firent entendre un rugissement métallique, aigu et malsain. La voiture fit un bond de quelques mètres, auquel il mit fin d'un coup de frein violent. La file était de nouveau immobilisée. La pensée consolante que le refroidissement par air de la Panhard écartait tout risque de surchauffe le rasséréna un peu. Il avait passé l'été à regarder avec une condescendance goguenarde les voitures plus puissantes que la sienne arrêtées dans les côtes, le capot relevé : les luxueuses Versailles bicolores, par exemple, ou les lourdes Frégates.

Il jeta un coup d'œil en direction de Marie-Thérèse, qui, à ses côtés, attendait placidement que la voiture atteignît enfin la rue du Languedoc. Sa patience était irritante. C'était elle qui, au dernier moment, avait insisté pour revenir à Toulouse quelques jours avant cette rentrée déjà ridiculement précoce. Les enfants avaient besoin de vêtements, et ce n'est pas quand la classe aurait repris qu'elle pourrait faire les magasins avec eux. Bien sûr, la garderobe des enfants passait avant la thèse de leur père ! D'ailleurs, eux aussi étaient trop sages en ce moment, comme s'ils lui reprochaient silencieusement son agacement. Ce sont pourtant les enfants qui s'impatientent en voiture, le fait est bien connu. La vérité était que ce voyage était pour eux le dernier épisode des vacances et qu'ils le voyaient sans déplaisir se prolonger quelques instants au moment de s'achever.

Le camion qui obstruait la rue Pharaon, et dont le chauffeur, ayant achevé sa livraison depuis un certain temps déjà, poursuivait avec l'épicier une conversation nonchalante et cordiale, finit par s'ébranler. Les voitures qui, derrière lui, refluaient jusqu'au débouché de la Grande Rue Nazareth, le suivirent lentement en direction de la place des Carmes. L'accès à la rue du Languedoc se libéra peu à peu.

Bientôt, la Panhard put tourner à droite dans la courte et étroite rue Philippe-Féral, ancienne Petite Rue Nazareth rebaptisée à la Libération du nom d'un martyr de la Résistance, puis, immédiatement, franchir à gauche, en frôlant dangereusement la borne cavalière qui le rétrécissait, un portail ouvert en face de la chapelle des Italiens et s'immobiliser dans la cour resserrée d'un vieil hôtel particulier.

⁂

Journal d'Émilien Rébeyrol
Lundi, 10 septembre 1956

Le calme est enfin revenu. Marie-Thérèse et les enfants dorment. J'envie leur sérénité – ou devrais-je dire leur inconscience ? Je ne leur ai pourtant pas caché que l'incident (si je peux employer un mot aussi faible) qui a marqué notre retour de vacances me vise indubitablement. Mais ils ont raison. C'est à moi seul de faire face. Mon courage doit être à la hauteur de mon audace intellectuelle, puisque c'est à elle, sans nul doute, que je dois le danger que je cours.

Reprenons le cours des événements. Le voyage avait été long et fatigant, sous une chaleur accablante. Ah ! ce ministre ! J'aurais voulu le voir condamné à rester aujourd'hui, ne fût-ce que deux heures d'affilée, assis derrière son grand bureau en plein soleil, au milieu de la place du Capitole ! Et Marie-Thérèse qui décide brusquement hier de rentrer à Toulouse, toutes affaires cessantes, trois jours plus tôt que nécessaire ! Il est vrai que, sans ce retour prématuré… Mais n'anticipons pas. De même, si l'embouteillage, place du Salin, ne nous avait pas retardés…

Bref, nous arrivons enfin. Le temps pour Marie-Thérèse de faire descendre les enfants de la voiture avec sa sollicitude excessive (que diable ! Michel a neuf ans bien sonnés, Chantal en a sept, et il serait temps de ne plus les traiter en bébés !), je suis déjà dans l'escalier, une valise dans chaque main et sous le bras ma fidèle serviette, bourrée de mes notes et de mes fiches les plus précieuses, que j'ai hâte de mettre en lieu sûr le plus vite possible. En lieu sûr, c'est-à-dire dans mon bureau.

Or, dans mon bureau, il y avait quelqu'un. Quelqu'un qui, hélas, a réussi à m'échapper.

Pour comprendre ce qui s'est passé, il faut avoir à l'esprit la disposition très particulière de l'appartement. Il occupe le premier étage d'un hôtel particulier appartenant à une demoiselle âgée, dernière représentante d'une ancienne famille toulousaine, Mlle Émérencienne de Cantelou, qui, pour sa part, s'est réservé le rez-de-chaussée. Le corps de logis enserre sur trois côtés la cour, séparée de la rue Philippe-Féral par un mur élevé dans lequel s'ouvre un porche, ma foi assez noble. L'escalier se situe, non dans l'axe de ce porche, mais dans l'angle droit de la cour, avec cette irrégularité fantaisiste et ce refus d'en imposer par une symétrie pesante, qui font le charme de notre Toulouse et rendent la Ville rose si différente de Bordeaux.

C'est cet escalier de tomettes aux contremarches de bois, heureusement large et doux, que j'ai escaladé avec mes valises et ma serviette jusqu'au palier du premier. Là, une haute porte à double battant, dont la peinture vert sombre est malheureusement un peu écaillée (les moyens de Mlle de Cantelou ne lui permettent pas, semble-t-il, d'entretenir l'immeuble comme il le mériterait), ouvre sur notre appartement. D'abord une vaste entrée, qui prend le jour sur la cour, puis une chambre (celle de Michel), qu'il faudrait traverser pour gagner le reste de l'appartement, si l'on n'avait ajouté, à l'époque où l'usage des pièces qui se commandent est devenu insupportable, une sorte de galerie métallique, en surplomb sur la cour, éclairée par des verrières. Les deux fenêtres de la chambre ouvrent désormais, non sur l'extérieur, mais sur cette galerie. Celle-ci est, comme on le devine, accolée ensuite, après un tournant à angle droit, à l'aile du bâtiment qui occupe le fond de la cour. Là se trouvent la chambre de Chantal et la nôtre, mais leurs fenêtres donnent, par-derrière, sur la rue du Languedoc. Il en va de même, au bout de cette aile et de la galerie, d'une dernière fenêtre, éclairant l'extrémité d'un couloir qui contourne les dernières pièces de l'appartement, celles qui occupent l'aile à main gauche quand on vient de la rue.

Elles sont deux, de belles proportions, chacune avec ses deux fenêtres sur la cour et, au-dessus de la glace de la cheminée, son trumeau de facture naïve. Malgré les couleurs noircies, on distingue sur l'un Paul et Virginie, sur l'autre une scène de chasse. La première de ces pièces est mon bureau, où nul ne pénètre sans mon autorisation expresse. D'où l'utilité du couloir qui la contourne. Elle sert cependant de salon dans les grandes occasions. L'autre, au bout de laquelle se trouve la cuisine, est la salle à manger et la pièce à vivre. Juste sous mon bureau, se trouve, au rez-de-chaussée, le salon où Mlle de Cantelou passe le plus clair de ses journées. Je m'amuse parfois à me figurer, comme en coupe, ces deux pièces superposées, dont l'une abrite l'oisiveté d'une vieille demoiselle, tandis que l'autre est comme échauffée continuellement par le labeur intellectuel. Non que je veuille dire du mal de notre chère Mlle de Cantelou. Elle me témoigne une considération à laquelle je suis sensible. Toutes les personnes de son milieu – j'en fais, hélas, l'expérience fréquente – ne mesurent pas exactement ce que cela représente, que d'être professeur agrégé de grammaire, d'occuper la chaire de Troisième au lycée Pierre-de-Fermat et de consacrer une thèse aux premiers monuments des lettres médiévales. Mlle de Cantelou ne manque jamais de me demander des nouvelles de mes travaux. Elle invite souvent Marie-Thérèse pour le thé et n'oublie pas l'anniversaire des enfants. Le loyer du grand appartement qu'elle nous loue, et dont la noblesse contribue, je le reconnais, à m'assurer en ville la place qui est la mienne, est en outre fort raisonnable.

Mais j'en étais à notre retour de vacances. Je me suis laissé aller à décrire notre appartement avec une précision qui peut paraître pesante. C'est que je suis un esprit rigoureux, un savant, un philologue, un historien. Si j'écris des poèmes, je les cache. Je ne prétends pas être un écrivain. Et quand bien même j'en serais un ? La dernière mode, chez les jeunes romanciers, n'est-elle pas de décrire interminablement la réalité matérielle la plus triviale, tout en jugeant au-dessous d'eux de raconter une histoire ? Moi, au moins, j'ai quelque chose à dire, quelque chose de vrai et qui m'est arrivé. J'entends d'ici Peiresc me traiter de vieux jeu. Celui-là, qu'il s'agisse de ses lectures ou de ses cravates, il se croirait déshonoré d'être en retard d'un bateau. Mais je m'égare. Au point où j'en étais de mon récit, Peiresc n'était pas encore arrivé. J'en étais à la description de l'appartement. Parlons-en, justement (c'est ce que je pourrais dire à Peiresc), des descriptions d'appartements ! Tout récemment encore, M. Julien Green n'a-t-il pas commencé ses Mémoires, que même un esprit aussi libre que le mien trouve choquants (je ne comprends toujours pas que Marie-Thérèse, si à cheval sur la vertu, les ait tant admirés), en décrivant l'appartement de son enfance aussi minutieusement que je viens de le faire ? Aussi minutieusement, mais moins lourdement, peut-être... Encore une fois, je suis un esprit sérieux, moi. Ce que j'ai à relater est grave, véridique, et exige de la précision.

Me voilà donc laissant les valises dans l'entrée et gagnant immédiatement mon bureau. Je savais que, dès l'instant où j'y aurais déposé ma serviette, j'éprouverais le sentiment agréable d'avoir mis à l'abri et comme engrangé le travail de l'été. Et puis j'aime, encore étourdi de l'agitation des vacances et du voyage, pénétrer dans mon bureau silencieux, frais et sombre derrière les volets clos, avec ses rangées de livres et son odeur familière. Ce bureau a trois portes. Deux, hautes et à double battant, se font face, l'une donnant sur la salle à manger, l'autre sur le point où se rejoignent le petit couloir et la galerie. La troisième, étroite et basse, presque une porte dérobée dans le mur du fond, donne accès à ce fameux couloir de contournement.

Je suis entré, bien sûr, par la grande porte. Quelqu'un, qui me tournait le dos, était agenouillé devant la cheminée. Du moins, c'est ce qu'il m'a semblé. La pièce était dans la pénombre et, je l'avoue sans honte, j'ai été si saisi que l'habituelle acuité de mon regard s'en est trouvée émoussée. En m'entendant entrer, l'individu s'est relevé d'un bond et, sans se retourner, s'est précipité vers la petite porte qui donne sur le couloir. Je ne l'ai pas poursuivi. J'avais compris qu'il lui faudrait quelques secondes pour contourner le bureau en suivant le couloir, alors qu'il me suffisait de me retourner et de me placer devant la porte par laquelle je venais d'entrer pour le cueillir au moment où, débouchant du couloir, il voudrait s'engager dans la galerie. C'est ce qui s'est passé, sauf que je ne l'ai pas cueilli. Malgré mon courage, dont nul, je crois, ne peut douter, je suis resté comme paralysé quand il est passé devant moi en courant. À vrai dire, je l'ai même à peine vu, comme si j'avais, pour une raison incompréhensible, fermé les yeux.

Il était trop tard pour songer à le rattraper. Je suis rentré dans le bureau pour y chercher des indices sur son identité et sur la raison de sa présence. Décision malheureuse ! Car, au moment où il arrivait au coude de la galerie et allait s'engager dans la partie sur laquelle donnent les fenêtres de Michel, il a rebroussé chemin, précisément parce que Michel avait repris possession de sa chambre comme moi de mon bureau, et parce que Marie-Thérèse et Chantal étaient dans l'entrée encombrée par les bagages. Je l'ai entendu revenir. Je me suis retourné, prêt, cette fois, à bondir. Mais il a ouvert la fenêtre du couloir, qui donne sur un petit toit dominant d'un seul étage bas la rue du Languedoc, a sauté sur ce toit, et de là n'a pas eu de mal à disparaître.

Pour un peu, Marie-Thérèse, qui ne s'était rendu compte de rien, m'aurait soupçonné d'avoir rêvé. Heureusement, Michel avait entendu les pas précipités de l'intrus et l'avait même entraperçu – sinon lui-même, du moins l'une de ses jambes au moment où, ayant tourné les talons, il reprenait la galerie en sens inverse. Marie-Thérèse, toujours prête à mettre ma parole en doute, a toute confiance en celle de Michel. Quand je pense à la petite étudiante timide qui buvait mes paroles ! Comme ces années d'avant-guerre paraissent lointaines ! C'était à l'automne 1938. Je venais d'être reçu à l'agrégation. Georges Millardet et Louis Ferrand m'avaient immédiatement confié quelques heures de cours à la Faculté des lettres : une initiation à la grammaire historique du français. Sujet austère, surtout pour les jeunes filles, qui, généralement, préparaient une licence de lettres par amour de la poésie. Mais Marie-Thérèse Vernet, avec son nez court, ses lèvres un peu épaisses, son petit front buté et ses longs cheveux noirs, encore enfantins, avait un tempérament de philologue. J'avais vingt-cinq ans et elle dix-neuf à peine, j'étais son professeur, et pourtant j'ai toujours eu l'impression d'être son cadet. Impression délicieuse alors, un peu moins peut-être aujourd'hui. Il faut dire qu'à l'époque, mon unique imperfection à ses yeux était de m'être tourné, après l'agrégation, vers le français plutôt que vers les langues anciennes. Elle m'en a trouvé d'autres depuis. M'aurait-elle épousé sans l'épreuve de la guerre et de la séparation, sans mes cinq longues années de captivité qui n'ont fait qu'affermir la décision de cette petite âme têtue et fidèle ? Nous nous sommes mariés au début de 1946, quelques mois après mon retour. Elle avait eu tout le temps de m'idéaliser. Michel est né en 47, Chantal deux ans plus tard.

Voilà que je m'égare dans le passé. Marie-Thérèse, convaincue par son fils qu'un cambrioleur s'était bel et bien introduit dans l'appartement, m'a suivi dans mon bureau, où je l'avais surpris. Ce n'est pas une pièce d'apparat, mais de travail. Par terre, devant la cheminée, légèrement dissimulés à d'éventuels visiteurs par ma table de travail, des dossiers sont empilés. J'ai besoin d'avoir à portée de main l'ensemble de ma documentation et de mes fiches. Malgré leur désordre apparent, je m'y retrouve très bien. Mais le désordre était à présent réel. Des papiers avaient été repoussés, dispersés, jetés au hasard jusqu'au milieu de la pièce, certains étaient froissés. On avait violé ma thèse !

– Sais-tu, demandai-je à Marie-Thérèse, ce que cela signifie ?

– Cela signifie, me répondit-elle, que le voleur supposait que nous pouvions avoir dissimulé l'argenterie derrière le tablier de la cheminée avant notre départ en vacances. C'est une cachette classique, mon cher Émilien.

Je n'essayai même pas de la détromper. Je me contentai de soupirer en constatant, une fois de plus, que mon épouse, la mère de mes enfants, mon ancienne étudiante, s'intéressait si peu à mes travaux qu'elle n'en concevait ni l'enjeu ni les risques.

Pourtant, j'en suis convaincu, notre mystérieux visiteur ne cherchait pas à voler notre argenterie, mais à pénétrer le secret de mes recherches et à m'empêcher de les mener à leur terme. Quelques mots suffiront à en convaincre tout lecteur moins obstiné que ne l'est Marie-Thérèse.

J'ai toujours eu la plus vive admiration pour Joseph Bédier et pour son grand œuvre sur les chansons de geste : « Au commencement était la route, jalonnée de sanctuaires… » La route était celle des grands pèlerinages, Saint-Jacques-de-Compostelle ou Rome. Les églises et les monastères qui en marquaient les étapes conservaient dans leurs bibliothèques des annales, des chroniques, des récits divers, qui gardaient la mémoire des exploits et des tribulations de Charlemagne et de ses barons. Ils y ont dormi jusqu'au jour où les moines, soucieux d'attirer les pèlerins en faisant valoir le prestige des reliques carolingiennes qu'ils prétendaient détenir, ont nourri de ces textes latins l'imagination de poètes qui s'essayaient à chanter dans la jeune langue française. L'un d'eux était doué d'un génie unique. En écrivant la *Chanson de Roland*, il a créé d'un coup un mythe et une tradition littéraires.

Mon rêve, lorsque j'étais étudiant, était de rencontrer l'auteur de cette théorie nouvelle et brillante, de marcher sur ses traces, de l'intéresser à mes projets et à ma personne, de me lancer dans la carrière sous sa direction. J'attendais avec impatience d'être agrégé, n'osant me présenter à lui avant cet adoubement. Hélas, après deux échecs, je fus reçu à l'agrégation l'année même de sa mort. La guerre, la mobilisation, la captivité m'interdirent ensuite pendant de longues années d'entreprendre les recherches dont je rêvais. Mais aujourd'hui, je rattrape le temps perdu. Le souvenir du maître me guide sur une voie qu'il n'aurait, j'en suis sûr, pas désavouée.

Voie périlleuse, pourtant, dont l'audace m'effraie moi-même ! Et pourtant, elle part presque de ma porte. À deux cents mètres à peine de chez moi, le petit musée Dupuy, rue de la Pleau, s'enorgueillit de posséder un olifant médiéval qui est réputé être celui de Roland. Il y a donc eu une tradition rolandienne attachée à Toulouse. Ne peut-on supposer, dès lors, que la fameuse mention de saint Gilles, dans la *Chanson de Roland*, fait allusion à Saint-Gilles du Gard, où Charlemagne, au retour de l'expédition en Espagne de 778, serait passé, après avoir suivi, depuis Roncevaux, une route d'ouest en est, au nord des Pyrénées, afin d'opérer sa jonction avec l'armée de son cousin, le comte de Toulouse Guillaume Fièrebrace ? On sait que ce Guillaume, qui devait plus tard se faire moine à Aniane, fonder le monastère de Gellone, devenu, après sa mort et sa canonisation, Saint-Guilhem-le-Désert, est devenu dans les chansons de geste le fameux Guillaume d'Orange. Les deux cycles épiques, celui de Roland et Charlemagne, traditionnellement désigné comme *la geste du roi*, et celui de Guillaume d'Orange, se rejoindraient ainsi. La mention par la *Chanson de Roland* du dépôt de l'olifant à Saint-Seurin de Bordeaux et du franchissement de la Gironde par l'armée de Charlemagne à Blaye, où Roland aurait été enterré, seraient des erreurs volontaires, tenant à la rivalité entre les sanctuaires du chemin de Saint-Jacques, et destinées à favoriser Saint-Seurin de Bordeaux au détriment de Saint-Sernin de Toulouse, placé sous la même invocation, mais autrement plus célèbre. Le véritable cor de Roland serait ainsi celui de la Ville rose, celui-là même sur lequel veille, à deux pas d'ici, Mlle Piron-Blanchard, conservateur du musée Dupuy et grande amie de Mlle de Cantelou.

Cette hypothèse, certes hardie et bien propre à éveiller l'hostilité des médiévistes routiniers, ne suffirait cependant pas à me mettre en danger. Elle ne justifierait pas, j'en conviens, que l'on s'introduisît dans mon appartement en mon absence, si je ne la poussais beaucoup plus loin et n'en tirais des déductions d'une tout autre ampleur.

Lorsque j'étais étudiant, avant la guerre, j'ai eu le privilège de faire la connaissance d'Otto Rahn, lors d'un de ses séjours à Toulouse. Peiresc, qui connaît toujours tout le monde avant tout le monde, me l'avait fait rencontrer. Bien que des rumeurs sulfureuses aient couru depuis sur ce mystérieux Allemand, j'ai été séduit par l'élégance de sa personne et de ses manières, par son panache d'aventurier de l'esprit, la témérité avec laquelle il rapprochait les civilisations et les mythes. Il m'a semblé que, dans la salle enfumée du Bibent où nous parlions devant nos bocks de cultes solaires et de croyances ésotériques, écrasés par les moulures Art nouveau et les atlantes 1900, une fraternité intellectuelle nous unissait soudain, dont il avait, comme moi, conscience. J'étais frappé par ses recherches sur le château de Montségur, sur le secret des cathares, sur le lien qu'il supposait entre eux et le Graal (Montségur – Mont sûr – ne fait-il pas écho à Montsalvage – Mont sauvage –, qui est le nom du château du Graal dans le roman de *Parzival* de Wolfram von Eschenbach ?). Nul n'a revu Otto Rahn après la guerre. Mais j'ai poursuivi dans la voie qu'il avait ouverte. Je suis sur le point d'établir que le cor de Roland, déposé par Charlemagne à Saint-Sernin de Toulouse, et non – on ne le répétera jamais assez – à Saint-Seurin de Bordeaux, est tombé plus tard entre les mains des cathares. Ce cor n'est rien d'autre que le Graal, vase de fécondité dont la relation avec le mythe de la corne d'abondance (et qu'est-ce qu'un cor, sinon une corne ?) n'est plus à démontrer.

Ainsi les légendes les plus mystérieuses et les poèmes les plus fascinants du Moyen Âge se rencontrent-ils dans la minuscule rue de la Pleau, moins célèbre cependant, je dois le reconnaître, pour le petit musée sur lequel règne la vertueuse Madeleine Piron-Blanchard que pour avoir été longtemps le siège d'une maison de passe bien connue à Toulouse, offrant des prestations (je n'en parle que par ouï-dire !) dont la qualité n'a, pendant la guerre, pas échappé à l'occupant, circonstance qui aurait à elle seule justifié sa fermeture, si la loi Marthe Richard ne l'avait de toute façon imposée.

Mais j'ai tort d'aborder légèrement un sujet aussi grave. Je ne parle pas de la maison de passe, bien sûr, mais du cor de Roland, du Graal et des cathares. Mes recherches ont beau porter sur un passé ancien, elles sont plus brûlantes qu'on pourrait le croire. Au printemps dernier, un incident m'en a fait prendre conscience. C'est lui qui me donne à penser que notre visiteur de ce soir n'était pas un voleur ordinaire.

Comme j'avais été amené, par le plus grand des hasards, à dire un mot de mes recherches à quelques mainteneurs de l'Académie des Jeux Floraux, ils m'avaient, malgré mes protestations, invité, je dirais même contraint, à donner une conférence sur ce thème à l'hôtel d'Assézat. Cette conférence, prononcée devant une assistance nombreuse qui buvait mes paroles, fut, je dois le dire, un triomphe. Mais ce triomphe faillit être gâché par un incident survenu pendant la discussion qui suivit mon exposé. Un homme à la barbe grisonnante, vêtu de noir dans le style artiste, et que personne ne semblait connaître, intervint avec véhémence pour me sommer d'apporter la preuve de l'identification du Graal au cor de Roland et du rôle joué par cet objet dans la doctrine secrète des cathares. Cette preuve, au stade actuel de mes recherches, je ne l'ai évidemment pas. Mais comment le reconnaître devant les mainteneurs des

Jeux Floraux et tout ce que la ville compte d'esprits distingués et savants ?

Je m'en tirai en affirmant que je détenais cette preuve, qu'elle était irréfutable, que j'en avais réuni toutes les pièces dans mes dossiers, mais qu'il était prématuré de la divulguer et que je priais le public d'avoir la patience d'attendre la publication de ma thèse. Un murmure d'approbation accueillit mes paroles, mais mon interlocuteur revint à la charge. Il déclara qu'en refusant de communiquer un fait aussi important, j'injuriais la mémoire des martyrs albigeois, se lança dans des considérations sibyllines, à la fois interminables et obscurément allusives, sur la doctrine cathare, sa permanence, son triomphe prochain. Il termina par des menaces. Si je ne disais pas de moi-même ce que je savais, on saurait m'y contraindre. Si ce que je savais menaçait la pure doctrine cathare, on saurait me faire taire. J'avais grand tort de croire que mes fameux dossiers, dont je faisais étalage sans en révéler le contenu, pouvaient se trouver en sécurité en quelque lieu que ce fût. Puis, la salle lui manifestant de plus en plus ouvertement son hostilité, il s'enveloppa dans sa cape noire d'un geste dramatique et sortit.

Sur le moment, l'incident ajouta à mon succès. On me félicita de mon sang-froid et de ma fermeté. S'il me laissa inquiet, c'est parce qu'il m'avait contraint à affirmer détenir une preuve que, pour l'instant, je n'ai pas. D'où le zèle accru avec lequel je poursuis mes investigations et les espoirs que je place dans les documents que peut détenir le musée Dupuy en liaison avec son précieux olifant. Mais ce soir, je me rends compte que j'ai été imprudent de ne pas nourrir plus tôt une autre crainte. Les menaces de mon mystérieux contradicteur n'étaient peut-être pas vaines.

Les cathares sont toujours parmi nous. Les persécutions ne les ont pas fait disparaître, mais ont seulement rendu leur communauté plus soudée, plus secrète, plus puissante. Ils sont nombreux, je le sais, à Toulouse et dans toutes les régions voisines où leur prédication avait eu au Moyen Âge tant d'écho, dans le Lauragais et dans le Couzeran, dans le Carcassès, le Razès, le Termenès, dans le Minervois et l'Albigeois. Ne feraient-ils pas tout pour empêcher leur secret d'être divulgué dans un ouvrage savant, fort d'une érudition impeccable ? La protection d'un tel secret justifie certainement à leurs yeux que l'on s'introduise chez l'auteur de ce futur ouvrage pour l'empêcher de le mener à son terme.

Et ils ne sont peut-être pas les seuls à être prêts à tout pour empêcher ma découverte de se répandre. Y sont-ils même les plus intéressés ? Car, après tout, elle fondera leur réhabilitation et servira leur gloire, en montrant qu'ils sont les fils spirituels de Roland, la mémoire vivante du glorieux sacrifice de Roncevaux. Ce retournement fera-t-il l'affaire de tout le monde ? Je suis un bon catholique, quoi qu'en dise Marie-Thérèse, mais je ne suis pas certain que notre Sainte Mère l'Église le verrait d'un bon œil. Je n'ai pas oublié qu'après ma conférence, le chanoine N., professeur à l'Institut catholique et spécialiste réputé de la langue d'oc, m'a pris à part pour me faire la leçon d'un ton paternel. N'était-il pas imprudent d'avancer publiquement des hypothèses qui risquaient d'enfiévrer les esprits faibles, comme le montrait l'incident qui venait de se produire ? Était-il opportun de donner une apparence de consistance aux idées fumeuses qui circulaient partout sur le catharisme ? Une « preuve » comme celle que je disais détenir ne demandait-elle pas à être utilisée avec une extrême précaution ? Était-il même sage d'y avoir recours ? Ne valait-il pas mieux, dans mon propre intérêt, la laisser dormir ?

L'Institut catholique, rue de la Fonderie, est à deux enjambées de chez moi. Le couvent des dominicains, héritiers de la Sainte Inquisition et à ce titre adversaires historiques des cathares, est rue Espinasse, juste au bout de la Grande Rue Nazareth. Les jésuites, rue des Fleurs, sont plus près encore. L'archevêché, rue Fermat, n'est guère plus loin. Hésiterait-on à faire visiter mon appartement, si l'honneur de l'Église était en jeu ?

Enfin, il faut toujours, hélas, en ce bas monde, compter avec les jaloux. Même si la preuve décisive me manque encore, mes recherches progressent rapidement, malgré le poids de mon enseignement et les servitudes de la vie familiale. Si j'ai jusqu'à présent travaillé seul, si mon sujet de thèse n'est pas encore déposé, c'est qu'ici, à Toulouse, le doyen

Lavaud ne s'intéresse qu'aux troubadours et qu'à Bordeaux Robert Fawtier, au reste âgé et affaibli, considère à l'inverse la *Chanson de Roland* comme son domaine réservé. Cela, joint à son attachement à Bordeaux, que je prive de ses reliques carolingiennes au profit de Toulouse, explique qu'il m'ait fait si mauvais accueil quand je lui ai exposé ma théorie. Mais je suis bien décidé à faire le voyage de Paris dès le mois prochain pour rencontrer les grands maîtres de notre discipline. Ces savants à l'esprit ouvert et bienveillant verront à qui ils ont affaire. Je soutiendrai ma thèse en Sorbonne. Qui peut douter de son retentissement ? Et quelle gloire elle apportera à Toulouse ! Comment l'Académie des Jeux Floraux ne m'accueillerait-elle pas alors parmi ses mainteneurs ? Comment mes concitoyens, si attachés à leur ville, si fiers de sa lutte héroïque pour son indépendance au temps de la croisade albigeoise, ne feraient-ils pas à mon ouvrage le même triomphe qu'au *Sang de Toulouse* de Maurice Magre, qui n'est pourtant qu'un roman ? Oui, la gloire et la fortune m'attendent. Cette perspective, si riante pour moi, ne l'est peut-être pas pour tout le monde.

Mais adieu gloire et fortune, si un criminel s'introduit chez moi pour détruire le fruit de mon labeur ! Tout à l'heure, il a miraculeusement échoué. Comme je bénis Marie-Thérèse de ce retour prématuré qui m'avait mis de si méchante humeur ! Mais il peut revenir. Il reviendra certainement. Comment puis-je m'en protéger ?

Toutes ces réflexions m'occupaient assez l'esprit pour m'aider, quelques instants plus tard, à prendre patience, tandis que, tentant de joindre par téléphone le commissariat de police de la rue du Rempart Saint-Étienne, j'écoutais la sonnerie retentir interminablement dans le vide. Un personnage au ton important et à la voix sévère finit par décrocher, écouta mes explications avec quelque impatience, m'informa qu'un inspecteur se rendrait sur les lieux dans la soirée et m'enjoignit de ne toucher à rien jusque-là.

Nous avions remarqué, en entrant dans la cour, que la 2 CV de Mlle de Cantelou y était garée. Sa propriétaire, de façon inhabituelle en cette saison, était donc à Toulouse, et non pas dans sa propriété de campagne. Nous jugeâmes opportun, Marie-Thérèse et moi, de lui rendre visite sans plus tarder pour lui annoncer notre retour et surtout pour l'informer de ce qui venait de se passer. En descendant au rez-de-chaussée, nous constatâmes qu'une troisième voiture était garée dans la cour, désormais bien remplie, une voiture à ce point silencieuse que nous ne l'avions pas entendue arriver : la DS 19 blanche à toit noir du professeur Dumesnil, une des premières à circuler dans les rues de Toulouse. Sa vue n'a pas éclairci mon humeur déjà sombre.

Je ne m'offusquais certes pas que le célèbre médecin, dont la mère, récemment disparue, était fort liée à Mlle de Cantelou, rendît visite à notre propriétaire. À vrai dire, l'objet de mon ressentiment était moins sa DS 19 que la 2 CV de Mlle de Cantelou. Mais les deux vont de pair. Tout le monde sait que les délais de livraison d'une 2 CV neuve sont de deux ans, sinon plus. En revanche, l'acheteur d'une DS 19 qui commande une 2 CV par-dessus le marché se la voit livrer immédiatement. La demande est telle qu'il peut la revendre aussitôt plus cher qu'il ne l'a payée : le prix de sa DS en est pour lui réduit d'autant. Autrement dit, nous vivons dans un monde tellement immoral que le riche qui peut s'offrir deux voitures d'un coup, dont l'une est hors de prix, fait une bonne affaire sur le dos du pauvre, contraint de surpayer la voiture la plus modeste.

Le professeur Dumesnil, qui a acheté une 2 CV en même temps que sa DS 19, n'a fait aucun bénéfice en la revendant à Mlle de Cantelou, dont la Rosengart hors d'âge avait rendu l'âme. Elle-même nous l'a assuré, en célébrant son désintéressement avec des larmes dans la voix. Je ne l'en juge pas moins sévèrement. On se fait des faveurs entre gens du même monde. On fait la charité aux moins nécessiteux. Il existait certainement à Toulouse un père de famille aux moyens limités qui, plus que Mlle de Cantelou, quelque pitoyable que soit l'état de sa fortune, aurait eu besoin d'une 2 CV payée à son juste prix, et non à celui imposé par des spéculateurs. Ah ! comme j'aimerais pouvoir jeter ces vérités à la face du professeur Dumesnil ! Je ne dois malheureusement pas y songer : il est mainteneur à l'Académie des Jeux Floraux, sa position y est, dit-on, influente et il me manifeste un intérêt cordial que j'espère voir un jour se transformer en soutien.

Je dois dire que la 2 CV de Mlle de Cantelou m'inspire un autre grief, qui ne vise nullement le professeur Dumesnil, mais bien Mlle de Cantelou elle-même. Nous avons acheté, elle sa 2 CV, moi ma Panhard, à peu près au même moment. Sous prétexte que l'une et l'autre voitures sont équipées de moteurs à deux cylindres refroidis par air, émettant de ce fait, je le reconnais, un bruit caractéristique, Mlle de Cantelou répète qu'elle a l'heureuse impression d'être revenue au temps de sa jeunesse, quand elle entendait les chevaux de son père hennir dans la cour. Cette plaisanterie, qui revient dans sa bouche avec une fréquence lassante, me paraît déplacée. Je n'ai aucun mépris pour la 2 CV, mais un véritable abîme la sépare de la Panhard, voiture sophistiquée, presque luxueuse. Non qu'elle soit dispendieuse : en bon père de famille, j'ai choisi, de façon, je crois, judicieuse, une voiture à la fois logeable, nerveuse et économique. Je ne suis pas comme Peiresc, qui est célibataire et qui a englouti ses maigres économies (après tout, il n'est que professeur certifié) dans un cabriolet 203. Il le conduit à tombeau ouvert et, quand le temps le permet, les cheveux au vent (il cultive une ressemblance, à mon avis très lointaine, avec Gérard Philipe). Chaque matin, il s'arrête net, dans un crissement de pneus, devant la porte du lycée au moment précis où arrive Mlle Verjoul, la secrétaire du proviseur. Ravie, elle pousse des gloussements effrayés et jure que, cette fois, elle a bien cru que M. Peiresc allait l'écraser. Ce que M. Peiresc ne dit pas à Mlle Verjoul, c'est qu'il l'a acheté d'occasion, son cabriolet.

Bref, nous avons vu la DS 19 du professeur Dumesnil garée dans la cour sans nous étonner d'une visite que nous pensions purement amicale. Mais en entrant chez Mlle de Cantelou, nous nous sommes rendu compte qu'elle était aussi professionnelle. À notre coup de sonnette, sa vieille bonne, Eulalie, a répondu avec encore plus de lenteur et de mauvaise grâce que d'habitude. Muette et revêche, elle nous laissait debout, les bras ballants, dans le sombre vestibule dont les larges tomettes creusées par l'usure prolongent celles du palier, sans faire mine de nous annoncer, quand la voix de Mlle de Cantelou, qui d'habitude trottine à notre rencontre, a retenti :

– Ce sont les Rébeyrol ? Entrez, entrez, venez voir la pauvre infirme !

Elle était installée au salon, une paire de béquilles appuyée contre son fauteuil, un pied plâtré posé sur une chaise basse :

– Quand on est assez bête pour se faire une entorse, il faut au moins avoir l'esprit de se faire des amis au sein de la faculté !

Le professeur Dumesnil, debout à côté d'elle, s'est incliné en souriant. Il ne s'est incliné que légèrement, car il a du ventre, mais suffisamment pour qu'un reflet de lumière fasse briller son crâne chauve. Son sourire est inquiétant, car il est prognathe, mais sa voix suave dément cette apparente cruauté.

Je passe sur les exclamations et les explications. Mlle de Cantelou est tombée dans l'escalier de sa propriété gersoise au début de l'été (« Je suis une vieille bête : je ne regarde jamais où je mets les pieds »). On l'a ramenée à Toulouse, où son état l'a contrainte à rester malgré la chaleur. Elle ne se plaint pas : se cramponner en toute circonstance au ton simple et enjoué fait partie de la bonne éducation. Elle se félicite d'être entre des mains aussi compétentes que celles de son jeune ami, Gaston Dumesnil (il approche de la cinquantaine), qui, surchargé de travail comme il l'est, trouve le temps de passer la voir presque chaque jour. Elle se félicite de retrouver les charmants voisins que nous sommes. Elle se félicite et s'émeut surtout du dévouement de son amie, Madeleine Piron-Blanchard, qui, mettant en doute, à juste titre peut-être, la capacité d'Eulalie à jouer la garde-malade, a insisté pour venir s'installer chez elle et qui l'entoure des soins les plus affectueux. Justement, la voici qui revient de son cher musée…

En effet, on entendait s'ouvrir la porte d'entrée. Un instant plus tard, la courte et ronde Mlle Piron-Blanchard nous rejoignait au salon, ses deux tresses de petite fille curieusement ramenées au sommet de sa tête et disposées de façon à y former une sorte de couronne : je suppose qu'elle a élaboré cette ingénieuse et modeste coiffure le jour de son entrée à l'École des Chartes et qu'elle n'y a plus touché depuis, tandis que les années passaient et que ses cheveux grisonnaient.

J'avais été agréablement surpris d'apprendre que Mlle Piron-Blanchard habitait provisoirement chez Mlle de Cantelou et j'ai été plus heureux encore de la voir arriver en chair, en os et en nattes. J'ai en effet le plus grand besoin de son aide pour mes recherches et je ne l'ai pas trouvée jusqu'ici aussi disposée à me l'apporter que j'aurais pu le souhaiter. Je me suis dit que le voisinage, l'intérêt commun que nous portons à notre vieille amie, l'aide que Marie-Thérèse ne manquerait pas de lui apporter dans les soins qu'elle lui prodigue, ne pouvaient manquer d'améliorer nos relations. Je compte bien que les choses finiront par tourner de cette manière, mais, en attendant, l'entrée en matière n'a pas été particulièrement favorable, et cela par la faute de Mlle de Cantelou, dont la brusquerie chaleureuse est certes charmante, mais confine parfois à l'ironie, surtout – et inexplicablement – lorsque je suis en cause.

Une fois épuisé le sujet de son entorse, des soins éclairés du professeur Dumesnil, de l'amitié généreuse de Mlle Piron-Blanchard, du climat étouffant de Toulouse au mois d'août et du remède qu'y apporte la fraîcheur des appartements anciens, nous avons enfin pu introduire dans la conversation le but réel de notre visite. Si j'avais été mortifié de voir Marie-Thérèse considérer avec un sang-froid suspicieux, confinant à l'indifférence, mon dangereux face-à-face avec un cambrioleur, l'extrême agitation que cette nouvelle fit naître chez Mlle de Cantelou fut d'abord de nature à verser du baume sur la blessure de mon amour-propre. Elle écouta mon récit avec une attention effrayée, les mains crispées sur les accoudoirs de son fauteuil, qu'elle ne lâchait parfois que pour saisir machinalement ses béquilles, comme si elle voulait se lever. Son regard cherchait sans cesse celui de Mlle Piron-Blanchard, pour le fuir aussitôt qu'elle l'avait rencontré. Elle me posait mille questions, déçue que je ne pusse lui donner le signalement précis d'un individu dont je n'avais aperçu un instant que la silhouette dans la pénombre et de dos. Elle demanda à plusieurs reprises si nous étions bien certains que Michel ne l'avait pas vu mieux que moi.

Une fois de plus, ses yeux s'étaient fixés avec insistance sur Mlle Piron-Blanchard, une fois de plus ils s'étaient détournés dès que celle-ci l'avait regardée à son tour. À présent, ils semblaient faire le tour de la pièce avec un mélange d'attention et d'égarement, allant du parquet sombre au grand lustre dont les cabochons de cristal attendaient depuis longtemps le chiffon d'Eulalie, courant le long des boiseries grises sur lesquelles se détachaient des cadres dorés (un parlementaire à la mine aussi sombre que son vêtement, une dame entre deux âges au nez pointu), s'arrêtant sur les lourdes commodes, sur la grande cheminée de marbre noir, sur le cartel où un pêcheur napolitain de bronze doré contemplait un poisson tenu à bout de bras.

Je pensai que Mlle de Cantelou faisait mentalement l'inventaire de ses possessions en frémissant à l'idée qu'on pourrait s'introduire chez elle pour s'en emparer. J'eus pitié de ses terreurs de vieille fille attachée aux reliques de sa famille et, ignorant Marie-Thérèse qui levait les yeux au ciel et haussait les épaules, j'entrepris de la rassurer. Elle n'avait rien à craindre. C'étaient mes travaux et eux seuls, j'en étais certain, qui intéressaient notre cambrioleur. Moi seul étais en danger. Devant sa mine stupéfaite, je lui expliquai le plus brièvement et le plus simplement possible de quoi il retournait. Pour le bénéfice de Mlle Piron-Blanchard, j'insistai seulement sur l'importance capitale de l'olifant exposé au musée Dupuy et sur l'intérêt qu'il y aurait à étudier de près l'ensemble des documents qui s'y rattachent et qui pourraient être conservés dans les archives du musée.

Mlle Piron-Blanchard m'interrompit assez sèchement pour dire que ces documents se réduisaient à un numéro d'inventaire. Quant à Mlle de Cantelou, revenue de sa surprise, elle hochait la tête en souriant :

– Comme c'est gentil à vous, cher ami, de rassurer ainsi la vieille folle que je suis ! Mais je tremble en pensant aux risques que vous prenez. Je n'imaginais pas, pauvre ignorante, que la littérature du Moyen Âge pouvait exposer à de tels dangers. Prenez garde à vous ! Ma petite Marie-Thérèse, veillez bien sur votre époux ! Cet homme n'a pas seulement un cerveau fertile en théories ingénieuses, il est aussi d'une témérité qui fait frémir.

J'aurais dû m'en douter. J'avais été imprudent de céder à la pitié que m'inspiraient les craintes de cette pauvre Cantelou et d'essayer de lui expliquer qu'elle n'avait, en ce qui la concernait, rien à craindre. J'avais pris une peine inutile. Elle est bien incapable de saisir la portée de mes recherches. Elle se juge fort spirituelle et il m'est, au fond, indifférent qu'elle fasse de l'esprit à mes dépens. Mais j'enrageais de voir Marie-Thérèse entrer avec délices dans son jeu et se faire la complice de ses moqueries. Et puis, je le reconnais, en me lançant dans mon bref exposé (à vrai dire, peut-être pas aussi bref qu'il aurait pu l'être), j'avais voulu, non seulement rassurer Mlle de Cantelou, mais aussi saisir l'occasion qui m'était ainsi offerte pour mettre le professeur Dumesnil au courant de mes travaux et pour plaider ma cause auprès de Mlle Piron-Blanchard. Mais les piques de Mlle de Cantelou avaient ruiné mon effet. Dumesnil en avait souri avec complaisance. Madeleine Piron-Blanchard avait gardé son air renfrogné. Elle a pourtant toutes les connaissances historiques et philologiques nécessaires pour me comprendre. Peut-être la réputation des chartistes est-elle surfaite.

En tout cas, je jugeai inutile de prolonger cette visite et je me levai. Nous n'avions pas encore défait nos valises, Marie-Thérèse devait faire un saut chez l'épicier de la Grande Rue Nazareth pour acheter de quoi préparer le dîner, et nous avions perdu une demi-heure en frais inutiles dans le salon mélancolique de notre propriétaire.

Nous terminions de dîner quand nous avons entendu le parquet craquer dans la pièce voisine. Le cambrioleur ! Il était revenu ! Et, comme par hasard, il était à nouveau dans mon bureau, qui est, on s'en souvient, contigu à la salle à manger ! Je repoussai ma serviette et me levai d'un bond. Je ne sais pourquoi, je suis resté alors un instant immobile, avant de me précipiter pour le surprendre. Durant cet instant, la porte s'est ouverte et une voix s'est écriée :

– Mais la petite famille est revenue !

C'était Peiresc.

– Tu n'as donc pas vu la voiture dans la cour ? lui demandai-je.

– Je suis en effet impardonnable : une si belle voiture !

Cette réponse est tout Peiresc, dans ce qu'il a de plus agaçant. Mais je ne pouvais pas trop lui en vouloir. Peiresc, qui se veut original en toute chose, passe l'été à Toulouse. Il s'est aimablement offert à venir arroser tous les deux jours les plantes de Marie-Thérèse, qui lui en est très reconnaissante. Nous avions oublié de le prévenir de notre retour, et il passait fidèlement remplir une dernière fois sa mission, pensant que nous ne reviendrions que le surlendemain. L'entrée de l'appartement, on s'en souvient, est à l'opposé de la salle à manger, de l'autre côté de la cour, et, à cette distance, nous n'avions pas entendu la clé, que nous lui avions, bien entendu, confiée, tourner dans la serrure.

Peiresc eut évidemment droit au récit de notre aventure et l'accueillit avec la désinvolture sceptique à laquelle je m'attendais. Comme Marie-Thérèse, il paraissait accorder plus de crédit au témoignage de Michel qu'au mien, et il n'en faisait pas mystère en présence même des enfants, ce qui me parut déplorable : même un célibataire peut avoir quelques notions de base touchant les principes de l'éducation. Quant à la supposition – à mes yeux presque une certitude – que l'on en voulait à ma thèse, elle le fit pleurer de rire. Je lui parle pourtant assez souvent de mes théories, et de façon assez circonstanciée, pour qu'il soit en mesure d'en saisir pleinement l'importance et l'audace.

Mais Peiresc est ainsi. Vous pouvez l'emporter sur lui dans tous les domaines, il s'arrangera toujours pour vous regarder de haut. Pire encore : pour que les autres vous regardent de haut avec lui. Comme si la supériorité réelle n'existait pas, comme si tout n'était qu'apparence. J'ai étudié les lettres classiques et lui l'espagnol, je suis agrégé et il est certifié, je prépare une grande thèse de doctorat pendant qu'il publie de-ci de-là quelques poèmes et donne parfois une vague conférence salle du Sénéchal sur « la comédie du siècle d'or espagnol » ou « les écrivains et la guerre d'Espagne ». Il n'empêche : je fais figure de petit professeur besogneux et lui d'esthète audacieux, d'intellectuel brillant. Récemment encore, il a fait parler de lui à bon compte avec une conférence sur « Minou Drouet et la nouvelle enfance de la poésie française » : il a eu droit à une page entière dans *La Dépêche du Midi*. Il est reçu partout. Il prétend descendre du célèbre humaniste aixois Nicolas-Claude Fabri de Peiresc, et l'érudition de ce lointain aïeul le dispense d'en acquérir une pour son propre compte. Je suis sûr qu'il se verrait bien à l'Académie des Jeux Floraux. Le plus fort est qu'il serait capable de s'y faire élire. Je connais mon Peiresc : je suis certain qu'il fréquente la plupart des mainteneurs, qu'il se fait valoir auprès d'eux, et que, tout en se donnant l'apparence de la liberté d'esprit et de propos, il se garde bien de dire quoi que ce soit qui puisse leur déplaire. J'ai trop souvent vu l'Académie préférer des mondains à de vrais savants. C'est toujours pour moi un crève-cœur de ne pouvoir, sous peine de ruiner mes chances, représenter aux quelques mainteneurs avec lesquels je suis en relation combien ces choix leur font du tort.

Tout cela ne m'empêche pas d'avoir pour lui la plus vive et la plus profonde amitié. Je crois lui en avoir donné dans ma vie bien des preuves. Ainsi, lorsque j'ai été reçu à l'agrégation, concours qu'il n'a jamais pu réussir et qu'il n'a même jamais sérieusement préparé, je lui ai fait comprendre, avec une cordialité chaleureuse et pleine de délicatesse, que mon succès ne mettait aucune différence entre nous et ne changeait rien à notre amitié.

Marie-Thérèse a pour sa légèreté une indulgence qui me surprend, quand je songe à l'agacement que lui inspire celle qu'elle croit parfois déceler en moi. « Il faut avouer qu'il a du charme », répète-t-elle assez souvent pour que je puisse en conclure que cet aveu ne lui coûte guère. Bien entendu, je me réjouis que ma femme reconnaisse les qualités de mon plus vieil et plus cher ami. Voilà une formule qui sent le vaudeville. Mais, dans la vie, les choses sont moins simples qu'au théâtre. Marie-Thérèse trouve Peiresc charmant, elle l'aime bien, et en même temps elle ne l'aime pas tant que cela. Elle ne lui reproche rien, mais elle me reprocherait presque, à moi, mon amitié pour lui.

Discrètement, Peiresc ne s'est pas attardé ce soir et a refusé le verre d'armagnac que je lui offrais de grand cœur, que, pour ma part, j'aurais bu volontiers après tant d'émotions, mais que Marie-Thérèse n'aurait sans doute pas aimé me voir déguster seul.

Nous n'en avions pas pour autant fini avec les visites. Peiresc avait à peine pris congé que la sonnette a retenti. J'ai cru qu'il avait oublié quelque chose (il nous avait rendu les clés et ne pouvait plus entrer comme un voleur !) et j'ai ouvert avec une expression joviale, prêt à lui décocher une plaisanterie bien sentie, pour me trouver nez à nez avec un petit homme au visage rouge et luisant, en bras de chemise, ce qui permettait de contempler l'humidité qui assombrissait le tissu sous ses aisselles, le bouton de col ouvert, le nœud de cravate distendu, un veston beige sur un bras et agitant au bout de l'autre une carte tricolore : l'inspecteur de police Albert Pinet, du commissariat de la rue du Rempart Saint-Étienne.

L'inspecteur de police Albert Pinet parcourut l'appartement d'un air absorbé, affectant de ne pas écouter le récit des événements, que je lui faisais pourtant à sa demande. De temps à autre, il posait une question brusque, sans rapport avec ce que je venais de lui dire. Toutes ces questions visaient à me faire dire – à me faire avouer, allais-je écrire, tant elles avaient le ton de l'interrogatoire – que l'individu que j'avais surpris dans mon bureau avait le type nord-africain. J'aurais bien voulu faire plaisir à l'inspecteur Pinet, certainement préoccupé, comme nous tous, par l'extension de la rébellion en Algérie, mais, comme on le sait, je n'avais pu voir le visage de mon cambrioleur (« Et ses cheveux ? Vous avez bien vu ses cheveux ! Ils étaient crépus ? » Non, dans mon trouble, je n'avais pas pris garde à ses cheveux). De toute façon, j'étais bien certain que ce n'était pas un Nord-Africain. Comment un Nord-Africain s'intéresserait-il à ma thèse, aux chansons de geste, au Graal et aux cathares ?

C'est ce que j'entrepris d'expliquer à l'inspecteur Pinet. Il m'interrompit assez grossièrement pour me demander si je me moquais de lui, si j'avais, oui ou non, été victime d'une tentative de cambriolage et si, oui ou non, le cambrioleur avait filé sous mon nez. Toutes les réponses étant affirmatives, il observa que, quand je parlais clair, il me recevait cinq sur cinq, que nous avancions enfin et qu'il n'y avait plus qu'à savoir comment l'individu s'était introduit chez moi et comment il en était sorti.

La réponse à la seconde question était simple : il s'était enfui par la fenêtre du couloir ouvrant sur le petit toit qui domine d'un seul étage la rue du Languedoc. Du coup, la réponse à la première question était tout aussi évidente : il était arrivé par le même chemin. Il n'était pas entré par la porte, sans quoi la serrure eût été forcée. En revanche, la vitre de la fenêtre du couloir était brisée. Je dis à l'inspecteur qu'à la réflexion, il me semblait bien, en effet, avoir entendu un bruit de verre brisé au moment où l'intrus s'était enfui. Il me répondit, quoique en d'autres termes, que mon imagination, dont il avait déjà pu mesurer l'étendue, me jouait des tours et que la vitre avait été cassée de l'extérieur, quand le cambrioleur était entré : les éclats de verre tombés sur le sol à l'intérieur de l'appartement en étaient la preuve. Certes, la fenêtre est en principe protégée par de lourdes persiennes de bois plein, qui étaient ouvertes et intactes. Mais l'inspecteur, à qui j'ai fait observer ce détail, m'a répondu d'un ton accusateur que nous avions certainement oublié de les fermer au moment de partir en vacances. Un tel oubli n'est guère dans mon caractère, à moi qui suis organisé et méticuleux, ni dans celui de Marie-Thérèse, qui l'est davantage encore. En revanche, cela ressemble tout à fait à cet étourdi de Peiresc, qui aura ouvert les persiennes en venant arroser les fleurs et aura négligé de les refermer, ou tout au moins les aura mal assujetties, en partant. Je lui poserai la question à l'occasion. C'est le genre de faute qu'il avoue sans honte aucune.

Mais ce soir, seul dans mon bureau, repassant dans mon esprit les événements de la journée avant d'aller rejoindre Marie-Thérèse endormie, je mesure le degré de passion malveillante qu'éveillent mes travaux et les dangers auxquels ils m'exposent. On s'est donné la peine de surveiller mon appartement et de profiter d'une paire de contrevents mal fermée pour s'y introduire à seule fin de fouiller dans mes papiers ! L'ironie de Mlle de Cantelou, les sarcasmes de Peiresc, la grossière incrédulité de l'inspecteur Pinet n'y changent rien. Ils me laissent froid. Mais je suis seul. Je n'ai même pas convaincu Marie-Thérèse. Je peux sonner l'olifant, nul ne viendra à mon secours. Le cor de Roland a fait de moi un homme traqué !

II

Au début de l'année 1956, une grande satisfaction avait illuminé la vie de Mlle Madeleine Piron-Blanchard, conservateur du musée Dupuy, à Toulouse. Malgré l'état déplorable des finances publiques, malgré l'instabilité ministérielle, qui entraînait, à chaque changement de gouvernement, celui des orientations ou des priorités, et qui faisait capoter les projets les plus avancés au moment même où ils allaient aboutir, elle avait obtenu, à force d'obstination, les crédits et les autorisations qu'elle demandait en vain depuis des années pour agrandir son musée.

Comment agrandir un musée logé dans une étroite maison ancienne, située dans un vieux quartier resserré ? En annexant la maison voisine. Tel était le projet de Mlle Piron-Blanchard. Car la maison voisine était inoccupée depuis la fin de la guerre. Elle avait pourtant eu son heure de gloire, cette maison, une heure de gloire à laquelle Mlle Piron-Blanchard préférait ne pas penser et dont la seule mention rendait embarrassantes les démarches qu'elle faisait auprès des ministères successifs. Cette maison n'était pas seulement une maison ancienne. C'était une ancienne maison. Avant d'être fermée, elle avait été close. Des bons mots de ce genre, et de pires encore, Mlle Piron-Blanchard en avait entendu dans la bouche de préfets, de députés, de sénateurs, d'inspecteurs généraux des beaux-arts, voire de ministres. Elle les subissait avec une patience douloureuse qu'elle offrait au Seigneur pour la réussite de son projet.

La maison de la rue de la Pleau avait été en son temps si célèbre à Toulouse que l'expression « aller rue de la Pleau » était couramment employée dans cette ville, par métonymie et par euphémisme, pour désigner la satisfaction des exigences de la nature au moyen d'amours tarifées. Cette célébrité avait atteint son sommet après l'invasion de la zone sud, quand la rue de la Pleau avait été promue au rang de fournisseur officiel de tout ce que Toulouse comptait d'allemand ou de pro-allemand : pêle-mêle et dans la grande fraternité des armes, Wehrmacht, Gestapo, SS, membres français de la police allemande, Milice, etc.

Si Mlle Piron-Blanchard, bien qu'elle ne fût venue à Toulouse qu'après la guerre, avait toujours su, comme tout le monde, quel genre de commerce se pratiquait dans la maison mitoyenne de son musée, elle pouvait encore moins l'ignorer depuis que les travaux avaient enfin commencé et que, faisant le tour des lieux en compagnie d'architectes, de maçons et de représentants de divers corps de métier, elle y découvrait presque quotidiennement quelque relique de l'amour, abandonnée sur place depuis l'été 44.

C'est ainsi qu'au printemps elle avait fait une découverte qui l'avait profondément troublée, mais non pas de la même façon que celles dont elle commençait à prendre l'habitude.

Comme il arrive trop souvent, les travaux en cours avaient entraîné un contentieux avec le propriétaire de l'immeuble voisin, du côté opposé au musée. Après s'être plaint des nuisances, il avait signalé des dégradations, qu'il avait fait constater par huissier. Il élevait la voix et parlait de déposer une plainte. Mlle Piron-Blanchard était aux cent coups. La surveillance des travaux était en soi un poids bien assez lourd pour elle. L'idée d'un procès la terrorisait. Elle n'y connaissait rien, n'y comprenait rien. Elle redoutait l'infamie. Elle se sentait d'autant plus démunie que, conduite par les hasards de sa carrière dans une ville où elle n'avait pas d'attache, n'appartenant à aucun des réseaux qui en parcouraient la société, elle avait très vite acquis la conviction qu'au sommet de la hiérarchie locale trônaient les professions juridiques, encore auréolées d'un prestige remontant à l'époque où Toulouse était le siège du parlement de Languedoc. Il ne faisait pas de doute que son irascible voisin, qui était un vieux Toulousain, avait dans ce milieu des accointances étroites.

Heureusement, grâce à des amis communs et même à un très lointain cousinage, elle était entrée en relations, dès son arrivée à Toulouse, avec Mlle de Cantelou. Bien que celle-ci fût son aînée de plus de dix ans, elles s'étaient très vite liées d'une profonde amitié. Bien entendu, Émérencienne de Cantelou connaissait tout Toulouse. À peine Madeleine Piron-Blanchard lui eut-elle fait part de son souci qu'elle lui conseilla de prendre conseil auprès de Maître Fauré de Lavèze. Xavier était un homme si compétent, si charmant, si discret ! C'était l'avocat de l'archevêché : pouvait-on rêver meilleure recommandation ? Il habitait d'ailleurs tout près de l'archevêché, rue Perchepinte, à deux pas de la rue de la Pleau. Émérencienne le connaissait depuis toujours : leurs parents étaient tellement liés ! Certes, il était beaucoup plus jeune qu'elle, un peu plus jeune même que Madeleine Piron-Blanchard : c'était dire ! Elle se souvenait de lui du temps où il était un tout petit garçon et elle déjà une jeune fille. Mon Dieu, comme la vie avait passé !

Mais au fait, maintenant qu'elle y pensait, Madeleine Piron-Blanchard connaissait déjà Anne, la dernière de ses cinq enfants. Elle l'avait rencontrée ici même, chez elle, Émérencienne de Cantelou, moins de quinze jours auparavant. Mais oui, cette grande jeune fille brune, qui avait l'attention et la délicatesse de venir parfois passer un long moment avec elle, malgré ses études, malgré tout ce qui vous occupe et vous étourdit quand on a vingt ans. Ce jour-là, Eulalie était sortie, elle avait tenu à préparer le thé et apportait les tasses sur un plateau, avec ses mouvements vifs, presque brusques, quand Madeleine était entrée : elles avaient manqué se heurter et tout faire tomber. De tout cela, bien entendu, Mlle Piron-Blanchard se souvenait parfaitement.

C'est ainsi qu'elle était allée voir Maître Xavier Fauré de Lavèze. Le vieil hôtel de la rue Perchepinte ressemblait au vieil hôtel de la rue Philippe-Féral, mais il était plus imposant et en même temps plus intime. La cour était séparée de la rue, non par un mur, mais par une aile entière du bâtiment, dans laquelle était percé un porche tout aussi étroit, encadré de ses deux bornes cavalières. La cour pavée était ainsi d'un calme absolu. Un ampélopsis dissimulait le triste crépi gris, qui recouvrait souvent à Toulouse la tendre brique rose. Au fond, les portes des anciennes écuries, qui devaient désormais servir de garage, ressemblaient à des portails de grange, avec leurs larges vantaux à la peinture brune écaillée. Rien ne bougeait. On aurait pu se croire dans quelque château perdu au fond des bois.

L'appartement, où Maître Fauré de Lavèze recevait Mlle Piron-Blanchard à titre amical, et non professionnel, semblait au contraire très animé. Mme Fauré de Lavèze répondit elle-même à son coup de sonnette, en remettant un peu d'ordre dans sa coiffure d'une main usée de ménagère où brillait un solitaire impressionnant. Des voix aiguës retentissaient au fond d'un long couloir. Elle s'excusa : deux fois par semaine, elle recevait pour le goûter ses petites-filles, au sortir de la pension Bertrand, l'école des dominicaines, toute voisine. Dans l'entrée, des cartables étaient entassés à côté d'une raquette de tennis, soigneusement prisonnière de sa protection trapézoïdale, mais abandonnée par terre (« Anne, ma dernière fille, ne range jamais rien ! Il est vrai qu'elle est occupée à faire des tartines pour ses nièces… »).

Maître Fauré de Lavèze parut et, avec une courtoisie paisible, la fit passer dans un grand bureau dont les deux hautes fenêtres donnaient sur la cour et où régnait de nouveau un silence absolu, presque pesant. Bien qu'elle sût qu'il n'avait aucun lien de parenté avec Mlle de Cantelou, Mlle Piron-Blanchard lui trouva une sorte de ressemblance avec son amie : peut-être les lèvres minces et le nez busqué. Mais, à la différence d'Émérencienne, Maître Fauré de Lavèze n'avait rien de frêle ni de diaphane. Il était assez grand, presque maigre, le visage très allongé, les arcades sourcilières tombantes, le méplat des joues visible, sans que les pommettes fussent véritablement saillantes. Ses cheveux étaient encore drus, mais presque blancs. Deux profonds sillons d'amertume encadraient sa bouche. Il s'exprimait posément, avec une exactitude mise en valeur par la précision de son articulation, qui détachait chaque syllabe et constituait la seule trace d'un accent du Sud-Ouest. Ce qu'il disait comblait les attentes de Mlle Piron-Blanchard. Il se faisait fort d'arranger toute l'affaire, à titre purement amical et officieux, bien entendu. Cela lui serait d'autant plus facile qu'il connaissait fort bien la victime des travaux et qu'il avait en réserve quelques arguments capables de l'amadouer.

Quelques jours plus tard, il était venu se rendre compte par lui-même de la situation. C'est à cette occasion que Mlle Piron-Blanchard avait fait la découverte qui l'avait tant troublée. Ils se trouvaient l'un et l'autre au premier étage de l'ancienne maison close, dans une de ces chambres où Mlle Piron-Blanchard, aguerrie par l'habitude, entrait désormais sans frémir. Des ouvriers étaient occupés à casser une sorte de corniche qui courait tout autour de la pièce, à une vingtaine de centimètres du plafond, et qui avait dû dissimuler un éclairage indirect, selon la mode des années trente. Maître Fauré de Lavèze s'était tout de suite dirigé vers le mur du fond, mitoyen de l'immeuble du voisin atrabilaire. Il l'examinait avec attention, en posant de temps à autre une question au contremaître.

Un pan entier de la corniche tomba et, en touchant le sol, vola en éclats avec un bruit qui fit sursauter Mlle Piron-Blanchard et dans une poussière de plâtre qui la fit tousser. Au milieu des débris blanchâtres, elle aperçut un objet noir. En se penchant, elle constata que c'était un portefeuille, qui était évidemment déposé sur le rebord de la corniche et était tombé avec elle. L'ouvrier, qui poursuivait son travail, juché sur une échelle, n'avait rien remarqué. Maître Fauré de Lavèze et le contremaître, qui lui tournaient le dos, encore moins. Elle ramassa sa trouvaille et ouvrait déjà la bouche pour la leur signaler, quand, du portefeuille, s'échappa une carte de visite jaunie. Elle lut : « Chef d'escadron Arnaud de Cantelou », suivi de la représentation de plusieurs décorations. Avec un sursaut, elle jeta autour d'elle un regard coupable qui aurait suffi à la trahir s'il avait été surpris, remit précipitamment la carte de visite dans le portefeuille et enfouit celui-ci dans la poche du vieil imperméable qu'elle revêtait pour visiter le chantier, de crainte de se salir.

Le commandant de Cantelou ! Le malheureux frère d'Émérencienne ! Son portefeuille abandonné depuis plus de dix ans dans ce lieu, dans ce mauvais lieu, dans ce doublement mauvais lieu, retrouvé dans ce mauvais lieu ! Comme si le destin s'acharnait à infliger une dégradation posthume, une flétrissure supplémentaire, à un homme qui avait connu une fin si lamentable ! Et il avait fallu que ce fût elle, l'amie d'Émérencienne, sa confidente, qui fît cette triste trouvaille !

L'amie et la confidente d'Émérencienne. Il arrive que nous osions confier à une connaissance lointaine, voire à un presque inconnu, un secret trop intime pour être partagé avec nos intimes. Plus souvent encore, nous choisissons une personne vers laquelle nous porte une amitié neuve pour partager avec elle un fardeau qui s'est abattu sur nos épaules avant que nous la connaissions. Le drame de Mlle de Cantelou, ce drame dont elle ne parlait jamais à ses amis les plus anciens, ceux qui le connaissaient tous et qui en avaient été les témoins, elle ne se lassait pas d'en entretenir Mlle Piron-Blanchard, d'en revivre devant elle tous les instants, d'en décrire les circonstances les plus douloureuses, les détails qui auraient dû être pour elle indicibles, comme si elle trouvait un soulagement à aviver la plaie.

« Il aurait votre âge. » Arnaud était né en 1892, comme Madeleine Piron-Blanchard. Il avait onze ans de moins qu'Émerencienne. Il était son petit frère et il avait presque été son fils, après la mort de leur mère. Il avait été un enfant turbulent, impulsif, léger, incapable d'application et de travail. Un de ces enfants dont on assure qu'ils ont un cœur d'or, manière de dire qu'ils n'ont rien dans la tête. Il jouait le personnage du cancre sympathique. Les jésuites du Caousou l'avaient mis à la porte. Un jour, pourtant, miraculeusement, à force de redoublements, de leçons particulières et de neuvaines à saint Joseph, il avait réussi à obtenir le baccalauréat. Bien sûr, il n'avait pu entrer à Saint-Cyr. La Grande Guerre l'avait sauvé. Il avait du courage et du panache. Il était resté dans l'armée. Célibataire, il vivait avec sa sœur, quand il n'était pas en garnison, comme d'autres vivent avec leur mère. En 39, au début de la deuxième guerre, il était capitaine.

Arnaud de Cantelou avait été d'Action française. Il avait été Croix-de-feu, car il estimait qu'un ancien combattant se devait de l'être, tout en jugeant le colonel de La Rocque bien tiède. Il choisissait toujours les opinions les plus extrêmes, comme il aurait choisi un costume ou une coupe de cheveux, parce qu'il trouvait qu'elles lui allaient bien, et aussi parce que l'extrémisme conduisait à des paradoxes qui, en cas de besoin, pouvaient tenir lieu de pensée. Ainsi, la collaboration. Il était collaborateur parce qu'il était patriote : c'est ce qu'il expliquait aux terrasses des cafés et dans les allocutions hasardeuses qu'on le laissait parfois prononcer aux réunions d'anciens combattants, aux fêtes organisées au profit des prisonniers et de leurs familles, aux meetings de soutien à la L.V.F.

Toulouse était à peine libérée qu'on était venu le chercher chez lui, c'est-à-dire chez sa sœur. De très jeunes gens, quelques-uns portant un semblant d'uniforme. Ils n'avaient pas attendu d'être sortis de la cour pour le frapper, lui arracher ses vêtements, le traîner sur les pavés. À l'angle de la rue du Languedoc, où attendait leur voiture, l'un d'eux lui avait tiré un coup de revolver dans la nuque. Il était déjà ensanglanté, défiguré. Ils l'avaient abandonné sur le minuscule trottoir sale, juste sous la plaque de la Petite Rue Nazareth, qui serait bientôt dévissée pour être remplacée par celle portant le nom du martyr de la Résistance.

« À cet instant, où je baignais dans l'horreur, dans l'innommable, brusquement, je lui en ai voulu, parce qu'il me faisait honte. J'ai eu cette révélation, qu'il m'avait toujours fait honte. »

La première fois où elle avait parlé de tout cela à Mlle Piron-Blanchard, de sa voix égale, au débit à la fois rapide et réservé, au timbre à la fois sourd et net, Mlle de Cantelou avait conclu son récit sur cet aveu.

« Comme je m'en suis voulu, comme je m'en veux, de lui en avoir voulu, juste à ce moment ! Comme j'ai honte d'avoir pensé, juste à ce moment, à la honte qu'il me faisait ! Je ne me le suis jamais pardonné. »

Elle avait fait ce qu'il fallait, bien sûr. Elle avait surmonté la paralysie de la peur, de l'horreur. Elle les avait suivis dans la cour. Elle était tout près quand ils l'avaient tué. Elle s'était agenouillée près de lui, sur le petit trottoir. Elle avait organisé de vraies funérailles, sans aller plus loin que la chapelle des Italiens, juste en face, certes, mais tout de même, sans rien de furtif. Tout le monde avait loué son courage, sa dignité.

« Mais moi, j'avais honte de cette honte. C'était vrai, pourtant. Il m'avait toujours fait honte. Il parlait fort. Il parlait avec assurance. Il parlait sans réfléchir. Il faisait le bravache. Il se faisait valoir avec des projets qui échouaient toujours. Il traitait avec condescendance des personnes qui lui étaient en tout supérieures et il trahissait ainsi sa propre infériorité. Et il fallait toujours qu'il aille plus loin que les autres. Plus loin, n'importe où, que ce soit dans la bonne direction ou dans celle de l'abîme. Bien sûr, autour de nous, au début, tout le monde était pétainiste. Mais il y avait pétainistes et pétainistes. Et puis, il y a eu la lettre pastorale de Mgr Saliège, et puis l'invasion de la zone libre, l'arrivée des Allemands. Certains ont réfléchi, quelques-uns ont changé. Mais réfléchir, lui ! »

Elle s'était tue un instant.

« Voilà. Bien sûr, j'ai haï ses meurtriers, j'ai passé des nuits entières à souhaiter leur impossible châtiment. Je ne les haïssais pas de l'avoir tué. Je les haïssais pour cette ignominie, pour avoir été les instruments de cette apothéose de la honte, à laquelle il me semblait désormais m'être toujours attendue, la honte qu'il me faisait. »

Un nouveau silence.

« Quand il était encore un petit garçon : c'est la seule époque où il ne m'a pas fait honte. J'étais fière de lui, de son assurance, de ses vantardises de petit mâle, de ses mots d'enfant qui, comme tous les mots d'enfant, étaient des sottises où l'on voulait à toute force trouver de l'esprit. »

Et, pour la première fois, elle avait un peu pleuré.

Mlle Piron-Blanchard revoyait ces quelques larmes rouler sur le visage impassible de son amie assise, calme et droite, dans son salon aux boiseries d'un gris terne, aux sombres commodes et au silence de cloître, tandis que, la main plaquée contre la poche de son imperméable où se trouvait le portefeuille, en un geste dont la gaucherie l'aurait immanquablement trahie si son interlocuteur avait eu l'idée de la soupçonner, elle écoutait sans les comprendre les explications minutieuses et rassurantes de Maître Fauré de Lavèze.

« Il m'a toujours fait honte. » Voilà que le misérable frère d'Émérencienne de Cantelou lui faisait honte une dernière fois, par-delà la mort. Il avait perdu son portefeuille, ou plus vraisemblablement se l'était laissé dérober, l'imbécile, dans une maison de passe réservée à l'occupant. Il était collaborateur parce qu'il était patriote, disait-il. Il était beau, son patriotisme ! Son patriotisme, c'était de coucher avec les putains des Allemands ! Oui, les putains : Mlle Piron-Blanchard ne reculait pas devant le mot, à condition de n'avoir pas à le prononcer à voix haute et aussi longtemps que ses réflexions silencieuses ne franchissaient pas l'enclos de ses dents.

Que faire ? Impossible de mettre de l'ordre dans ses idées, tandis qu'elle faisait semblant, la mine innocente, de suivre les propos de Maître Fauré de Lavèze. Elle avait assez à faire en tentant de dissimuler son agitation. Mais ce soir-là, dans la solitude de son cabinet de travail, contemplant le portefeuille posé sur son bureau, elle comprit combien il lui serait difficile de décider de la conduite à tenir. Épargner Émérencienne en taisant sa découverte et en détruisant le portefeuille ? C'était le plus simple, le plus sûr. C'était le plus facile pour elle et le moins douloureux pour son amie. Il ne se serait rien passé. Le hasard qui lui avait fait trouver ce portefeuille serait aboli.

Oui, mais si le portefeuille contenait un papier important ? Un document personnel, une photo de famille ? Pouvait-elle priver Émérencienne d'une telle relique ? Malgré les sentiments que Mlle de Cantelou lui avait confessés, et dont ses scrupules exagéraient certainement l'âpreté, elle savait trop quelle tendresse profonde et douloureuse elle continuait d'éprouver pour la mémoire de son jeune frère. Et puis, qui sait ? Qui connaît le cœur des hommes ? Et si, dans ce portefeuille, se trouvait une note intime révélant un autre Arnaud de Cantelou que celui que le monde avait connu, quelques lignes qui éclaireraient d'un jour nouveau sa conduite, qui permettraient de la comprendre, qui le justifieraient peut-être ? Quelle divine surprise pour Émérencienne de Cantelou ! L'imagination de Mlle Piron-Blanchard s'enflammait. Détruire ce portefeuille, ce serait tuer une seconde fois le commandant de Cantelou, ce serait priver Émérencienne de cette consolation inespérée, ce serait refuser un signe de la Providence, qui avait placé le portefeuille sous ses yeux.

À dire vrai, et au-delà de tous ces excellents arguments, l'archiviste-paléographe qu'était Madeleine Piron-Blanchard répugnait considérablement à détruire un document.

Une voie moyenne et raisonnable aurait consisté à examiner le contenu du portefeuille et à n'informer Mlle de Cantelou de son existence que s'il renfermait une pièce susceptible de l'intéresser ou de la consoler. Mais cette voie était elle aussi impraticable.

D'abord, elle offensait la morale. Comment fouiller ce portefeuille en l'absence de celle à qui il revenait et sans même lui dire que portefeuille il y avait ? Ensuite, l'offense à la morale apparaîtrait fatalement au grand jour si le résultat de la fouille imposait de remettre le portefeuille à Mlle de Cantelou. La démarche, en elle-même difficile, le serait plus encore si Mlle Piron-Blanchard se voyait contrainte d'avouer son indiscrétion.

Restait la solution la plus simple : remettre le portefeuille à Mlle de Cantelou en lui laissant le soin d'en faire l'inventaire. Le doute n'était pas permis : cette solution s'imposait. Mlle Piron-Blanchard n'avait pas le choix. Mais la douleur et les scrupules de conscience de son amie lui revenaient en mémoire. « Il m'a toujours fait honte. » « J'ai honte de cette honte. » Honte ! Comment ne pas lui dire où le portefeuille avait été trouvé ? Elle ne pouvait tout de même pas prétendre l'avoir ramassé dans la rue ! Elle serait contrainte d'avouer la vérité entière et nue. Comment Émérencienne, tellement plus fragile qu'elle le laissait paraître, supporterait-elle cette révélation ? Il faudrait à Mlle Piron-Blanchard beaucoup de précautions et de tact. Il lui faudrait, surtout, choisir avec soin le moment.

Choisir avec soin le moment. Elle était si soucieuse de le choisir avec soin qu'elle ne le trouvait jamais assez favorable. Les jours, les semaines passaient. On était déjà à la fin de juin. Quand elle rendait visite à Mlle de Cantelou, le portefeuille était dans son sac. Elle se promettait d'amener habilement la conversation jusqu'à un point où elle pourrait l'en sortir sans que le choc fût trop brutal. Mais elle se perdait dans les préliminaires, se voulait si habile qu'elle n'arrivait à rien. Le temps passait, il fallait mettre un terme à la visite. Ou bien elles étaient dérangées. Eulalie entrait à tout moment dans la pièce. D'autres visiteurs se présentaient. Un jour, au moment où elle pensait toucher au but, on avait entendu dans la cour le ronronnement d'une Vespa. Mlle de Cantelou s'était agitée, rose de plaisir : c'était Anne Fauré de Lavèze. Sortant de son dernier oral de droit, elle venait prendre congé de sa vieille amie avant la séparation estivale.

Il aurait fallu qu'Émérencienne revînt d'elle-même sur le sujet de son frère. Mais elle ne le faisait plus. Peut-être se reprochait-elle ses confidences comme une faiblesse. Peut-être considérait-elle que, maintenant que Madeleine Piron-Blanchard connaissait le drame de sa vie, il n'y avait plus à y revenir et qu'elle pouvait la traiter comme ses vieux amis toulousains, avec lesquels elle n'en parlait jamais parce qu'elle savait qu'ils y pensaient toujours.

Mlle Piron-Blanchard ne pouvait donc compter que sur son esprit de décision et d'à-propos. Or, elle constatait avec désespoir que cet esprit lui manquait. Elle avait même par deux fois frôlé la catastrophe le jour de la visite d'Anne Fauré de Lavèze. Lorsque la jeune fille était entrée au salon, elle était si avancée dans ses manœuvres d'approche qu'elle avait déjà sorti le portefeuille de son sac. Dans son trouble, elle l'avait laissé tomber à terre. Anne Fauré de Lavèze s'était penchée avec vivacité pour le ramasser et le lui avait rendu avec son charmant sourire, mais en l'examinant curieusement : évidemment, ce n'était pas le portefeuille d'une vieille demoiselle. Toute au plaisir d'accueillir sa petite Anne, Mlle de Cantelou n'avait rien remarqué. Troublée, Mlle Piron-Blanchard avait presque immédiatement pris congé.

En sortant, elle était tombée sur cet imbécile de Rébeyrol, le locataire d'Émérencienne, et sur son ami à l'air fat, qui revenaient de la distribution solennelle des prix au lycée Fermat. Le portefeuille, qu'elle tenait encore gauchement de la même main que son sac, lui avait encore échappé. Pire, il s'était ouvert, exposant à demi la carte de visite du chef d'escadron de Cantelou. Les deux hommes s'étaient, bien entendu, précipités pour le ramasser. Rébeyrol, plus empressé, avait été le plus rapide. Heureusement, il n'y avait même pas jeté un coup d'œil, trop occupé à entreprendre Mlle Piron-Blanchard sur le cor de Roland et l'absurde théorie dont il était déjà venu une fois l'entretenir au musée. Pendant ce temps, l'ami (comment s'appelait-il, déjà ? Un nom assez connu d'humaniste méridional...) semblait surtout intéressé par le scooter d'Anne Fauré de Lavèze.

Bref, ce jour-là, la pauvre Mlle Piron-Blanchard avait failli mettre tout le monde au courant de l'existence du portefeuille, sauf Mlle de Cantelou.

Là-dessus, celle-ci était partie, comme chaque été, pour sa propriété du Gers. Il n'y avait plus rien d'autre à faire que de remettre à l'automne la recherche du moment favorable. D'ici là, le portefeuille continuerait à peser sur la conscience de Mlle Piron-Blanchard.

C'est pourquoi elle n'avait pas été aussi fâchée qu'on aurait pu croire de l'accident survenu à son amie. Certes, elle compatissait à son malheur : l'entorse était grave, douloureuse, et la clouerait dans son fauteuil pendant des semaines. Elle n'ignorait pas que, chez les personnes âgées, la guérison est lente à venir et que des séquelles sont toujours à craindre. Mais tout de même, quelle occasion bénie de voir longuement Mlle de Cantelou, et en tête à tête, pendant tout cet été où Toulouse serait déserte ! En lui proposant de s'installer chez elle pour l'entourer de ses soins, Mlle Piron-Blanchard ne suivait que l'élan de son cœur et obéissait au devoir de l'amitié. Mais elle comptait bien faciliter ainsi le surgissement du fameux moment favorable.

Et pourtant, l'été avait passé sans qu'elle se décidât à parler. Elle ne s'y était enfin résolue qu'au moment où la guérison avait été en bonne voie, où Toulouse avait commencé à se repeupler et où elle s'était rendu compte que sa présence rue Philippe-Féral ne serait bientôt plus nécessaire. Le dimanche 9 septembre 1956, veille du jour où la famille Rébeyrol allait revenir de vacances, Mlle Piron-Blanchard avait trouvé le courage de montrer le portefeuille à Mlle de Cantelou.

⁂

Journal d'Émilien Rébeyrol
Vendredi, 14 septembre 1956

À 4 heures, j'ai enfin regagné la salle des professeurs. Il y a au moins un avantage à être professeur de lettres. Outre le prestige propre de sa discipline, qui a le pas sur toutes les autres, de l'avis unanime (bien que les professeurs de mathématiques relèvent la tête à notre époque si tristement utilitaire, où les parents ne rêvent pour leurs enfants que de la carrière d'ingénieur...), le professeur de lettres est d'office le professeur principal et l'emploi du temps place toujours ses cours de français, de latin et de grec à des moments favorables. Les fins d'après-midi, où les élèves sont tantôt intenables, tantôt prostrés, et où les salles de classe sentent la sueur et les pieds mal lavés, lui sont épargnées.

Bref, laissant la redoutable heure de 4 à 5 à mes collègues de dessin, d'éducation physique, de langues vivantes ou de sciences naturelles, j'en avais terminé à 4 heures. Un privilège, j'en conviens, mais combien justifié ! Et puis la journée m'avait déjà paru assez longue. Une chaleur de bête. Je sais bien que le ministre entend nous faire rentrer le 15 septembre, mais, quand le 15 septembre tombe un samedi, il pourrait éviter de placer la rentrée le vendredi 14 et la repousser au lundi 17 sans compromettre l'année scolaire.

Sans compter qu'elle se compromet très bien toute seule, l'année scolaire, ou plutôt que chacun y met du sien pour la compromettre. Chervieux, par exemple, le proviseur. Chaque année, l'allocution de rentrée dont il gratifie ses professeurs est plus consternante. Cette fois, il s'est surpassé. Cette démagogie ! Pas un mot, ou presque, pour l'enseignement des lettres, pour les humanités, pour le socle de notre enseignement secondaire. Un hommage ridicule à l'enseignement artistique et musical, dont tout le monde sait que la seule utilité est de servir d'exutoire au chahut. Une insistance déplacée sur la variété des langues proposées aux élèves. Peiresc buvait du petit-lait. Chervieux s'est dit ravi que le russe ait un succès croissant. Il ne semble pas se rendre compte que le russe attire souvent de bons élèves, qui auraient pu faire du grec. Le russe, je vous demande un peu ! Pourquoi pas le chinois, puisque la plaisanterie à la mode, depuis que les communistes ont pris le pouvoir en Chine, est de dire que les parents optimistes font apprendre le russe à leurs enfants et que les pessimistes leur font apprendre le chinois. Non que je sois un anticommuniste primaire : chacun connaît mes idées avancées. Mais tout de même !

L'essentiel du speech portait sur l'excellence des classes préparatoires du lycée Fermat. Un mot pour la khâgne, tout le reste pour la taupe. Bref, la gloire du lycée repose sur les professeurs de mathématiques et de physique. Chervieux, lui-même agrégé de physique, n'a pas manqué de rappeler que Fermat est un mathématicien et de parler de son théorème indémontrable. C'est bien ma chance ! Dans les autres villes, le grand lycée porte un nom d'écrivain, Michel de Montaigne à Bordeaux, Blaise Pascal à Clermont-Ferrand. À Toulouse, c'est Pierre de Fermat.

Tout cela ne serait rien si cette obsession de mettre en avant les résultats de son établissement au baccalauréat et aux concours des grandes écoles ne trahissait pas le mépris du proviseur pour les premières classes du lycée, celles où les élèves reçoivent la formation de base sans laquelle ils ne pourraient prétendre à ces brillants succès. Je vois venir le jour où ces classes ne seront plus réputées faire partie du lycée et où le titulaire d'une chaire de Troisième ne pourra même plus prétendre au titre de professeur de lycée.

Seule consolation : mon emploi du temps n'est pas pire que les autres années. Pas meilleur non plus. Il pourrait être plus ramassé. Il y a quelques trous. Que ses professeurs aient besoin de temps pour leurs travaux personnels, qu'ils préparent une thèse, voilà le dernier souci de M. le proviseur. Je ne l'ai pas envoyé dire, ce matin, à Mlle Verjoul, en lui faisant observer que le déplacement d'une seule malheureuse heure me libérerait une demi-journée entière. Elle m'a répondu que cette modification minime entraînerait des réactions en chaîne sur tous les autres emplois du temps et qu'elle n'était pas envisageable. Voilà comment une secrétaire nous traite ! En revanche, quand, au même moment, Peiresc a pointé le nez dans le bureau de la donzelle pour lui demander Dieu sait quoi touchant son heure de 5 à 6 (un vrai horaire de langue vivante ! cela m'a amusé), elle a tortillé de la bouche et du derrière, et, tout sourire, lui a arrangé son affaire séance tenante.

Pire encore, lorsque Kopf est venu à son tour demander un aménagement de son emploi du temps, il a obtenu satisfaction. Et pourtant, Kopf, avec ses lèvres minces, ses lunettes minces, sa voix retenue et ses cheveux rares, ne l'appelle pas « Mademoiselle Mauricette » et ne fait pas semblant chaque matin de vouloir l'écraser avec son cabriolet. Mais voilà : on ne refuse rien à un professeur de Seconde !

Je pensais encore à l'offense qu'a constituée pour moi cette différence de traitement lorsque j'ai regagné, à 4 heures, la salle des professeurs. J'avais d'autres motifs de mécontentement. Ma Troisième de cette année me promet peu de satisfactions. Deux ou trois fortes têtes, que j'ai déjà parfaitement repérées, échangeaient des sourires insolents pendant mon petit discours d'accueil. Les autres sont placides, mais paraissent bien faibles. Le petit test que je leur ai fait faire, comme chaque année, a donné des résultats accablants. Seuls ceux qui sont passés entre les mains de Videnc en Sixième et Cinquième ont quelques rudiments de grammaire latine. Tous, évidemment, ont eu le malheur d'avoir Sage en Quatrième. Comment s'étonner que leur premier contact avec le grec ait été un désastre et qu'ils ignorent le présent de l'indicatif de λύω, ou peut s'en faut ? Quant au français ! Près de la moitié ne savaient pas qui est Roland. Et dire que c'est la Troisième A, celle qui est réputée la plus forte ! Où allons-nous, mon Dieu ?

J'ai fait part de ma consternation à Kopf, qui était dans la salle des professeurs quand je suis entré. Il m'a répondu que mes élèves feraient certainement cette année, sous ma conduite, des progrès spectaculaires, s'il en jugeait par sa Seconde, formée pour l'essentiel de ma Troisième de l'an dernier, qui lui avait fait aujourd'hui une excellente impression. J'aurais dû lui être reconnaissant de ce propos flatteur, mais j'avoue en avoir été plutôt agacé. Kopf est de ces professeurs qui affichent sournoisement leur supériorité prétendue sur leurs collègues en se déclarant systématiquement satisfaits des élèves. C'est une manière de laisser entendre que ceux qui se plaignent d'eux n'ont à s'en prendre qu'à eux-mêmes et sont de mauvais professeurs. Je sais ce que valaient mes Troisièmes de l'an dernier et je serais bien étonné que les vacances les aient métamorphosés en jeunes prodiges.

Et puis, dans l'amabilité de Kopf à mon égard, je ne peux m'empêcher de soupçonner une forme de condescendance. Il n'y a, certes, aucune supériorité à être agrégé des lettres, comme il l'est, plutôt qu'agrégé de grammaire, comme je le suis. Il n'empêche que les agrégés de grammaire sont cantonnés dans le premier cycle de l'enseignement secondaire, tandis que les agrégés des lettres occupent les chaires de Seconde et de Première, d'humanités et de rhétorique, comme on disait naguère. Kopf est courtois et réservé, mais, à mon goût, il l'est trop. Je ne sais jamais si je dois prendre pour argent comptant la considération pointilleuse qu'il me témoigne.

En tout cas, il m'a à nouveau manifesté aujourd'hui beaucoup de considération. Nous nous sommes trouvés du même avis sur le discours de Chervieux. Certes, Kopf affecte de prendre très au sérieux les enseignements de musique et de dessin, de la même façon qu'il affecte de ne jamais trouver les élèves insupportables. Mais il déplore le travail de sape, organisé, selon lui, en haut lieu, qui mine les études classiques. Il y voit une menace pour la civilisation. Chervieux, qui espère être nommé proviseur d'un grand lycée parisien, répète comme un perroquet la leçon qu'on lui a faite. Il croit servir les études scientifiques en abaissant les humanités. C'est un raisonnement vicieux. Lui, Kopf, est le professeur de lettres de la Seconde AA', qui, à côté des purs littéraires de la section A (latin-grec), accueille les élèves de la section A', assez brillants et courageux pour suivre à la fois le programme d'une Seconde scientifique et celui d'une Seconde littéraire avec latin et grec : il constate tous les ans que les A', qui se destinent majoritairement aux études scientifiques, constituent la tête de classe, même en français et en langues anciennes. L'existence même de cette section montre qu'il n'est besoin de rien sacrifier. Kopf croit au travail et à l'effort.

Cette conversation, malgré son tour pessimiste, m'a un peu rasséréné. Je me sentais plein de bienveillance pour Kopf, qui est, après tout, un collègue fort estimable. Je ne me doutais pas de la surprise qu'il allait me causer moins de deux heures plus tard. En sortant, je me suis jugé ingrat de ne pas mieux savourer ma chance d'enseigner dans un lycée qui englobe à la fois le ravissant logis Renaissance qu'est l'hôtel de Bernuy et l'admirable cloître des Jacobins, accolé à l'église plus admirable encore, mais, hélas, bien dégradée. Je suis rentré lentement par les petites rues charmantes et malodorantes du vieux Toulouse, dont chacune porte un nom de métier, la rue Pargaminière, la rue des Paradoux, la rue des Filatiers.

Peu avant l'heure du dîner, j'ai eu l'idée de faire une brève visite à Mlle de Cantelou. Dans l'état où elle se trouve, cela me paraissait un geste délicat. Au reste, je ne l'avais pas revue depuis le jour de notre retour et je n'avais ainsi pas eu l'occasion de lui communiquer les observations de l'inspecteur Pinet, qui ne manqueraient pas de l'intéresser, puisque la tentative de cambriolage dont nous avons été victimes l'avait si fort alarmée. Le moment de cette visite me paraissait bien choisi : à cette heure, je trouverais certainement chez elle Mlle Piron-Blanchard, rentrée du musée, et j'aurais ainsi une nouvelle occasion de la ramener à de meilleurs sentiments à mon égard. Marie-Thérèse, occupée à préparer le dîner et à écouter les enfants lui raconter leur premier jour d'école, ne m'a pas accompagné. Elle-même avait, dans la journée, vu Mlle de Cantelou, pour qui elle avait fait une petite course, et elle ne paraissait pas juger que ma propre visite s'imposait.

Eulalie répondit sans hâte ni chaleur à mon coup de sonnette et m'informa que je n'étais pas le seul visiteur. En effet, j'entendais au salon des voix masculines, qui se turent lorsqu'elle m'annonça.

– Mon cher voisin, quelle bonne surprise ! s'est écriée Mlle de Cantelou. Je ne sais si vous connaissez l'abbé de Sérac, poursuivit-elle en désignant un prêtre fort jeune, élégant, à la soutane bien coupée et aux souliers bien cirés, qui s'était immédiatement levé à mon entrée.

Je ne connaissais pas personnellement l'abbé Louis de Sérac, mais je savais, comme tout le monde, que c'est le secrétaire particulier du cardinal Saliège et même, si l'on peut dire, son interprète, la voix de notre vieux cardinal étant devenue ces derniers temps si indistincte que seul son secrétaire comprend ses propos et peut les rendre intelligibles à ses interlocuteurs.

– Pour ce qui est de M. Kopf, reprit Mlle de Cantelou en souriant, je suppose que les présentations sont inutiles.

En effet, dans une bergère Louis XVI était installé mon collègue Alfred Kopf, qui me fit un petit geste amical et déclara que, quand nous nous étions quittés tout à l'heure dans la salle des professeurs de Fermat, il ne se doutait pas qu'il aurait le plaisir de me revoir avant la fin de la journée. J'aurais pu lui retourner le compliment.

L'exclamation par laquelle Mlle de Cantelou m'avait accueilli fut le seul effort dont elle se montra capable pour tenter de me persuader que ma visite était en effet pour elle une heureuse surprise. Elle resta ensuite silencieuse, ce qui ne lui était pas habituel, avec un air presque embarrassé, moins habituel encore. Quant aux deux autres, ils se lancèrent avec une animation exagérée dans une conversation insignifiante, à laquelle ils firent tous les efforts pour m'associer, en manifestant à mon égard la plus grande cordialité. Cette volubilité chaleureuse ne sonnait parfaitement juste ni dans la bouche du jeune abbé de cour à la politesse prudente, ni dans celle de mon collègue aux lèvres minces et au verbe bref.

Mais ce qui me stupéfia, ce fut de constater que l'abbé de Sérac et Alfred Kopf avaient l'air de très bien se connaître et s'appelaient par leurs prénoms. La conversation même dont ils me régalaient supposait entre eux une complicité. Or, Kopf, comme son nom l'indique, est Alsacien et seuls les hasards de sa carrière l'ont conduit à Toulouse. Quant aux Sérac, famille toulousaine fort connue, je ne jurerais pas qu'aucun de ses nombreux membres ait jamais exploré le monde au nord de Montauban. Mais surtout, Kopf est protestant. Il n'a donc aucune raison d'être sur un pied d'intimité avec le secrétaire particulier du cardinal.

La sympathie que Kopf m'avait inspirée cet après-midi dans la salle des professeurs s'était évanouie. À quel titre un protestant alsacien entretenait-il des relations d'étroite amitié avec un prêtre qui appartenait à la fois au premier cercle de l'entourage du cardinal et au premier cercle de la société toulousaine ? Moi, Émilien Rébeyrol, qui suis un bon catholique et un vieux Toulousain, je n'avais jamais jusqu'ici rencontré l'abbé de Sérac. Comment Kopf le connaît-il si bien ? Comment connaît-il Mlle de Cantelou ? Que faisaient-ils tous deux dans son salon ?

Mlle Piron-Blanchard n'était pas là. Ma visite avait visiblement interrompu un entretien mystérieux entre Mlle de Cantelou et les deux amis inattendus. Le dîner devait être prêt. Tel un personnage de Racine, je me retirai dans mon appartement.

III

Le dimanche 9 septembre, pendant la messe de 11 heures à l'église de la Dalbade, la scrupuleuse et méthodique Mlle Piron-Blanchard, en récitant le *Confiteor*, avait, selon son habitude, fait un rapide examen de conscience. Le résultat l'avait consternée sans la surprendre. Moment favorable ou non, elle ne pouvait plus différer l'instant redouté où elle montrerait le portefeuille à Mlle de Cantelou et lui en révélerait la provenance. Elle prit la ferme résolution de s'exécuter le jour même.

Elle laissa encore passer le déjeuner, suivi d'une courte sieste. Vers 5 heures, les deux amies prirent le thé. Elles étaient seules, débarrassées, puisque c'était dimanche, des services encombrants d'Eulalie. Sans un mot, Mlle Piron-Blanchard posa en tremblant le portefeuille sur le guéridon, à côté de la théière en métal anglais, et leva un regard embué vers Émérencienne, qui la regardait sans comprendre.

L'épreuve fut moins sévère qu'elle ne l'avait redouté. Les souffrances que la vie et la mort de son frère avaient infligées à Mlle de Cantelou lui avaient bronzé le cœur. Au demeurant, ni son éducation ni son caractère ne la disposaient aux manifestations ostensibles de la douleur. Enfin, la révélation que le commandant de Cantelou avait fréquenté la rue de la Pleau n'était peut-être pas pour elle une surprise complète. Mlle Piron-Blanchard en eut soudain le soupçon.

La surprise, les deux femmes l'éprouvèrent en examinant enfin le contenu du portefeuille. Bien qu'il contînt une carte de visite du chef d'escadron Arnaud de Cantelou, ce portefeuille n'était pas le sien. Les papiers d'identité qui s'y trouvaient – une carte d'identité, une carte de rationnement, les laissez-passer divers requis pendant l'Occupation – désignaient son propriétaire sans aucun doute possible. C'était le portefeuille de X.

Ce grand homme est aujourd'hui assez illustre pour qu'il soit inutile de le désigner autrement ici. Son héroïsme dans la Résistance et la gloire qu'il en a retirée lui ont permis de se lancer après la guerre dans la brillante carrière politique que l'on sait. Orateur admiré et redouté, manœuvrier habile, il avait son maroquin dans presque tous les gouvernements qui se succédaient alors avec rapidité. Certains avaient même songé à lui pour la présidence de la République, lors de la difficile élection de René Coty. Au moment même où les deux vieilles demoiselles examinaient le contenu de son portefeuille, il était ministre d'État dans le gouvernement de Guy Mollet, dont la fragile survie tenait à l'appui de son parti.

Le portefeuille est ouvert sur la table. Les tasses à thé, le sucrier, la théière, l'assiette de biscuits ont été repoussés pour permettre d'étaler les papiers qu'il contenait. Mlle de Cantelou et Mlle Piron-Blanchard contemplent les photos jaunies d'un X. tout jeune, mais parfaitement reconnaissable. Mlle Piron-Blanchard est allée chercher dans sa chambre le dernier numéro de *Paris-Match*, où une photo le montre en frac, accompagné de sa charmante épouse, lors d'un récent dîner officiel. Il s'est un peu empâté. Ses cheveux reculent vers les tempes, dessinant une pointe sur le front, alors qu'auparavant ils formaient une épaisse barrière toute droite sur un front presque bas. Pour le reste, il a peu changé. Mais sur ses photos de jeunesse, il est sérieux, presque pensif, tandis que, sur celle de *Paris-Match*, il arbore son fameux sourire, mi-jovial, mi-carnassier.

– Qu'allait-il faire rue de la Pleau ? demande Mlle Piron-Blanchard.

– À votre avis ? répond Mlle de Cantelou avec un demi-sourire.

Mlle Piron-Blanchard rougit.

– Ce n'est pas ce que je voulais dire. Je me demandais ce qu'il venait faire en pleine Occupation dans une maison de passe pratiquement réservée à cette époque aux Allemands et aux collaborateurs.

Elle rougit encore, mais pour une autre raison. Cette question, qu'elle se pose pour X., elle ne se l'est pas posée pour Arnaud de Cantelou, quand elle pensait que le portefeuille lui appartenait.

– Ce que je me demande, moi, dit Mlle de Cantelou, ce n'est pas ce que X. faisait rue de la Pleau, mais ce que faisait la carte d'Arnaud dans le portefeuille de X. Quant à savoir si cela se passait en pleine Occupation…

– Mais voyons, Émérencienne, le doute n'est pas permis : la carte de rationnement, les laissez-passer… Et la carte de visite de votre frère peut sans doute nous fournir des éléments plus précis encore.

Elle s'explique. Il faut procéder avec méthode. Premier point indiscutable : le portefeuille de X. lui a été dérobé. La cachette dans l'éclairage indirect en est la preuve. Il a, à l'évidence, été subtilisé par la pensionnaire de l'établissement en compagnie de laquelle son propriétaire se trouvait. Ces personnes sont, dit-on, coutumières du fait. Il y a même un mot pour désigner ce genre de vol. À nouveau rougissante, Mlle Piron-Blanchard, qui a suivi au Collège de France les cours d'histoire du vocabulaire français de Mario Roques, l'enseigne à son amie : « entôler ». Elle le prononce à voix basse, comme si elle craignait que, dans le silence dominical, les boiseries du salon, le lustre, les tableaux, les tasses et la théière l'entendent et s'en offusquent.

Deuxième point, qui est le point essentiel. Non seulement on peut affirmer que le vol a eu lieu pendant la guerre, mais encore il est possible d'en préciser la date. Rompue aux méthodes de la datation historique, Mlle Piron-Blanchard en fait aussitôt, pour le bénéfice de son amie, la brillante démonstration. Compromise dans la collaboration horizontale (ayant ouvert la barrière de ce dangereux champ lexical, Mlle Piron-Blanchard s'y ébat désormais sans retenue), la maison de la rue de la Pleau a fermé ses portes dès la Libération, avant même l'application de la loi Marthe Richard. Au demeurant, le malheureux Arnaud de Cantelou n'était alors plus de ce monde. Voilà pour le *terminus ante quem*. Quant au *terminus a quo*, la carrière du frère d'Émérencienne, qui s'en rappelle les étapes avec la plus grande précision, permet de le déterminer. Le capitaine de Cantelou a été élevé au grade de chef d'escadron au début de l'année 1940, peu avant l'offensive allemande. Il a été promu officier de la Légion d'honneur le 1er janvier 1943. La prise d'ordre a eu lieu au mois de mars. Émérencienne soupire au souvenir de cette cérémonie, qui avait eu lieu au palais Niel, résidence du général commandant la région militaire. La carte de visite, qui porte la mention « O. » devant le symbole de la Légion d'honneur, a donc été gravée après cette date. En outre, X. n'est venu à Toulouse, dans le cadre de ses activités de Résistance, qu'après l'invasion de la zone libre, à l'automne 43, d'après ce qu'il dit lui-même dans l'article de *Paris-*

Match qu'illustre la photo. C'est alors qu'il a fait la connaissance du futur président Vincent Auriol, dont l'amitié devait lui être par la suite si précieuse. Mlle Piron-Blanchard est formelle : X. s'est fait « entôler » rue de la Pleau entre l'été 43 et l'été 44.

Mlle de Cantelou observe doucement que, puisque c'est la seule période qu'il a passée à Toulouse, c'est en effet la seule pendant laquelle l'événement a pu se produire et qu'il est donc bien inutile d'alourdir la démonstration en faisant intervenir le grade et les décorations de son frère. D'ailleurs, rien de tout cela n'apporte le moindre élément de réponse aux deux seules questions importantes, qu'elles se sont l'une et l'autre posées dès le début. Comment un résistant comme X. pouvait-il se trouver rue de la Pleau ? Comment et pourquoi avait-il une carte de visite de son frère dans son portefeuille ?

Mlle Piron-Blanchard est un peu piquée de ces remarques. L'important, à ses yeux, est d'appliquer dans toute leur rigueur les méthodes positives de la recherche historique, en particulier dans le domaine, si délicat, des datations. Seuls comptent les faits. Quant à leur explication, elle ne relève jamais que de la supposition, voire de l'imagination, et elle ne peut intéresser que les esprits imprudents et frivoles.

La mention de tels esprits éveilla soudain dans le sien le souvenir de la visite que Rébeyrol, le locataire et voisin d'Émérencienne, lui avait faite au printemps. La rentrée scolaire approchait. Il allait rentrer de vacances. Elle se trouverait sans cesse exposée au risque de le croiser dans la cour. Mais à présent qu'elle s'était déchargée de son secret et du portefeuille, elle pouvait rentrer chez elle quand il lui plairait et échapper ainsi au maniaque de l'olifant. Sa présence auprès d'Émérencienne n'était plus nécessaire : le professeur Dumesnil assurait que son plâtre pourrait être enlevé avant la fin de la semaine. Le Ciel, qui lui avait donné le courage de cette démarche difficile, lui en offrait la récompense.

Elle est tirée de ces pensées par une exclamation de Mlle de Cantelou. Tout occupées par la carte de visite du commandant de Cantelou et par les papiers d'identité qui désignent X. comme le propriétaire du portefeuille, les deux amies ont jusque-là négligé d'examiner le reste de son contenu. Elles se sont contentées de l'étaler sur la table, en constatant, sans surprise, que, si X. avait de l'argent sur lui (et comment n'en aurait-il pas eu, surtout, pensèrent-elles l'une et l'autre sans le dire, dans ce lieu qui invitait à la dépense ?), cet argent a disparu. Mais le regard de Mlle de Cantelou vient de se poser sur un papier froissé, qui semble avoir été roulé en boulette avant d'être étalé, puis replié en quatre. Des notes y sont griffonnées. Sans un mot, elle le pousse en direction de Mlle Piron-Blanchard.

Ayant ajusté ses lunettes, celle-ci l'approche de son nez. Elle lit « Boulou », puis une suite, apparemment désordonnée, de chiffres et de lettres, puis une adresse – un numéro et un nom de rue qui ne lui dit rien –, enfin, tout au bas de la feuille, d'une autre écriture, comme elle en fait immédiatement la remarque, « Père Louis ».

Dans ce fatras, la rue paraît l'élément le plus solide et le plus facile à identifier. Elle demande à Émérencienne si c'est une rue de Toulouse et si elle la connaît. Oui, lui répond Mlle de Cantelou, à qui rien de ce qui est toulousain n'est étranger : c'est une petite rue du côté de la barrière de Paris, lui semble-t-il, dans un quartier encore à demi campagnard il y a quelques années et qui se construit aujourd'hui rapidement, dans la folie de spéculation immobilière qui s'est abattue sur la ville. Elle donne ces renseignements avec une rapidité négligente et un peu impatiente. À l'évidence, ce n'est pas le nom de cette rue qui a provoqué sa surprise et son émotion.

Mlle Piron-Blanchard s'intéresse ensuite à la mention « Père Louis », que la différence d'écriture signale à l'attention, et avoue sa perplexité. Mais Mlle de Cantelou suggère qu'il peut s'agir, et qu'il s'agit même probablement, du débit de boissons – le genre d'établissement qui s'appelle à Toulouse un bar-cave – établi à cette enseigne rue des Tourneurs et célèbre dans toute la ville pour son apéritif au quinquina fait maison.

– Et maintenant, s'exclame Mlle Piron-Blanchard, vous allez me dire que vous savez aussi qui est Boulou !

– Mais bien sûr que je le sais, répond Mlle de Cantelou, et c'est même cela qui m'inquiète. C'est ce

« Boulou » qui a attiré mon regard et qui rend ce papier redoutable à mes yeux.

Boulou, poursuit-elle, est le surnom que l'on donnait, quand il était enfant, à Maître Fauré de Lavèze.

– Vous savez combien notre génération aimait les surnoms. Moi-même, on m'appelait Mémé : c'était bien la peine de m'avoir gratifiée de ce prénom impossible d'Émérencienne, héritage d'une arrière-grand-tante et marraine qui prétendait descendre de Louis XV le Bien-Aimé par la main gauche. Quant à Arnaud, c'était Nono, bien sûr. L'imagination familiale était pauvre. Pour une raison moins claire, Xavier était Boulou. Vous-même, ma chère Madeleine, je suis sûre que vous aviez votre surnom.

Mlle Piron-Blanchard avoue brièvement avoir été Louloute pour toute sa famille.

– Votre réticence dit assez que vous ne souhaiteriez pas que l'on continuât à vous appeler Louloute. Rassurez-vous : je ne le ferai pas, même pour vous taquiner. De même, Xavier Fauré de Lavèze s'est empressé d'interdire l'usage de Boulou dès qu'il a eu l'âge d'en mesurer le ridicule, c'est-à-dire très tôt, car c'était un enfant précoce. Tout le monde a donc oublié ce surnom, mais moi, qui ai treize ans de plus que lui, je m'en souviens fort bien.

Oui, elle s'en souvient. Elle se souvient de cet après-midi d'été, il y a si longtemps, pendant lequel on l'avait chargée de faire jouer le petit Boulou, qui devait avoir deux ou trois ans, un jour que les Fauré de Lavèze faisaient une visite de voisinage à ses parents, dans leur propriété de l'Isle-Jourdain, là même où elle s'est fait son entorse. Elle revoit la toilette claire de sa mère sous les tilleuls, la fumée des cigares flottant derrière les messieurs qui s'éloignaient en causant vers le bout de l'allée, le nouveau cheval bai de M. Fauré de Lavèze, attelé au tilbury, devant lequel on se récriait d'admiration. Elle avait proposé à Boulou de pousser un cerceau avec un bâton. Il n'y arrivait pas. Le cerceau, plus haut que lui, vacillait et tombait sans cesse. Sa petite figure était rouge, le col de son costume marin tout froissé. C'était l'été 1898, ou peut-être 99. Non, 98 : sa mère lui imposait encore les deux nattes flottantes dans le dos, qui la mortifiaient, parce que c'était une coiffure de petite fille. Elle cite Sully Prudhomme :

Vous aviez l'âge où flotte encore
La double natte dans le dos,
Mais où l'enfant qu'elle décore
Sent le poids de pareil fardeau…

Elle s'interrompt vivement et jette un regard rapide aux deux nattes grises qui couronnent la tête de Madeleine Piron-Blanchard.

– Laissons ces vieux souvenirs. Vous voyez que je suis menacée par l'attendrissement sénile. Revenons à ce papier. Après tout, il y a sans doute plus d'un Boulou au monde… Il y a plus d'un Boulou au monde, mais cette écriture différente, qui a tracé les deux mots « Père Louis », et qui vous a tout de suite frappée, je jurerais que c'est celle de Xavier.

– Vraiment ? Vous en êtes certaine ? demande avec vivacité Mlle Piron-Blanchard, qui considère que l'identification des écritures relève de sa compétence professionnelle.

Elle se voyait déjà marcher sur les traces de ses glorieux prédécesseurs chartistes, qui avaient su montrer que le fameux bordereau n'avait pu être écrit de la main du capitaine Dreyfus. Le regard hâtif de l'amateur ignorant pouvait bien jeter sur Maître Fauré de Lavèze, dont elle n'oubliait pas l'amabilité réservée et la complaisance, le soupçon d'avoir écrit deux mots sur un papier égaré pendant l'Occupation dans un mauvais lieu : nouveau Paul Meyer, elle saurait faire triompher la pure vérité scientifique.

Pendant qu'elle se livrait à ses réflexions, Mlle de Cantelou avait attrapé ses béquilles et faisait mine de s'arracher à son fauteuil. Mlle Piron-Blanchard se précipita.

– Pas d'imprudence, ma chère Émérencienne. Dites-moi ce que je dois aller vous chercher.

– Dans le secrétaire de ma chambre. Tiroir de droite. Un gros dossier dans une chemise cartonnée.

Le dossier débordait de lettres, de factures, de quittances, dont le classement, sembla-t-il à Mlle Piron-Blanchard, n'était pas irréprochable.

– Xavier Fauré de Lavèze m'aide à gérer les quelques propriétés qui me restent. Je ne sais ce que je deviendrais sans lui. Non que je veuille dire du mal de l'excellent Maître Labeyrie, mon notaire... Vous trouverez là plusieurs lettres écrites de sa main.

Mlle Piron-Blanchard examina les lettres et les compara à « Père Louis ». Le doute n'était pas possible et le regard d'Émérencienne, que la science n'éclairait pourtant pas, avait vu juste : c'était indiscutablement la même écriture. Elle le reconnut, un peu contrariée de devoir confirmer l'avis d'une profane, un peu embarrassée qu'un homme aussi charmant eût laissé son empreinte sur un document peut-être compromettant, mais sans mesurer exactement en quoi il pouvait l'être. La pensée de Mlle de Cantelou était allée plus vite. Elle semblait plus troublée que lorsque Mlle Piron-Blanchard avait mis sous ses yeux le portefeuille et la carte de visite de son frère.

– Voyons, Madeleine, réfléchissez. Mais non, c'est vrai, vous ne pouvez pas savoir. Vous ne connaissez pas comme moi Xavier Fauré de Lavèze. Reprenons calmement. Le pauvre Arnaud, vous le savez, était ouvertement vichyssois et l'a payé de sa vie. Quant à Xavier... Une personnalité toute différente, certes, mais un ancien combattant aussi, bien sûr, et même plus que cela.

Xavier Fauré de Lavèze, qui avait à peine dix-huit ans en 1914, avait été engagé volontaire dès le début de la Grande Guerre, qu'il avait terminée avec le grade de lieutenant, la croix de guerre, la Légion d'honneur, après avoir été très gravement blessé à Douaumont. Grand patriote, Croix-de-feu dans les années d'avant-guerre, il avait gardé jusqu'au bout une vénération intacte pour le maréchal Pétain. Sans que son comportement ait, semble-t-il, rien eu de blâmable, il n'avait jamais passé pour un résistant.

Mais voilà que X., connu pour être un grand résistant, était en relations à la fois avec Arnaud de Cantelou, collaborateur outrancier liquidé à la Libération, et avec Xavier Fauré de Lavèze, pétainiste ordinaire. Voilà qu'il conservait dans son portefeuille la carte de visite du premier et un papier où le second avait écrit deux mots. Et voilà qu'il avait perdu ce portefeuille ou qu'il l'avait laissé (le doute, désormais, était permis) dans une maison close qui était une annexe de la Kommandantur. De là à penser que c'était un agent double… Ne célébrait-on pas la chance et le sang-froid qui lui avaient permis à deux reprises d'être libéré sans avoir été identifié, alors qu'il était tombé entre les mains de la Gestapo ? La chance et le sang-froid avaient bon dos ! Et si X. était un agent double, Arnaud de Cantelou et Xavier Fauré de Lavèze avaient-ils été ses complices, et des complices de la pire espèce ?

Une chose était certaine : les relations qu'ils avaient entretenues avec X. étaient des relations secrètes. Mlle de Cantelou en était certaine : ni son frère ni Xavier Fauré de Lavèze ne lui avaient jamais parlé de lui. À présent qu'il était une personnalité tellement en vue, dont le nom était si souvent mentionné, il eût été naturel que Maître Fauré de Lavèze, si réservé et discret qu'il fût, fît savoir un jour ou l'autre, au détour d'une conversation, qu'il le connaissait. Son silence était suspect.

Les affres par lesquelles était passée Mlle Piron-Blanchard quand elle se demandait si elle devait montrer le portefeuille à Mlle de Cantelou n'étaient rien à côté de l'incertitude dans laquelle elles se trouvaient à présent plongées l'une et l'autre. Que faire ? Taire les possibles forfaits d'un homme qui avait peut-être envoyé à la torture et à la mort ses compagnons de combat et qui maintenant faisait carrière sur son passé de résistant ? C'était s'en faire rétrospectivement les complices, c'était, pour Mlle de Cantelou, comme rejoindre dans l'opprobre ce frère qu'elle n'avait jamais voulu renier, mais qu'elle avait toujours réprouvé. Mais alors, quoi ? S'en prendre à l'un des hommes politiques les plus puissants du pays – et avec quelles chances de succès, pour deux vieilles demoiselles de province ? Jeter le soupçon sur l'honneur d'un homme qui, après tout, était peut-être innocent ? Prendre le risque de salir davantage encore la mémoire d'un frère qui avait connu une fin si lamentable et de déshonorer un vieil ami qui était l'un des hommes les plus respectés de la ville ?

Non, elles ne pouvaient décider seules. Il leur fallait un avis. Et puis, comme le soulignait Mlle Piron-Blanchard, elles n'en savaient pas assez sur X. Au fond, elles ne connaissaient de son action dans la Résistance que la légende héroïque qu'il avait peut-être lui-même forgée. Mais comment compléter leur information, comment la vérifier ? Après tout, cela se passait ici même, à Toulouse. Il y avait encore des témoins, des acteurs de ce drame et de cette épopée. Mlle de Cantelou, qui connaissait tout le monde à Toulouse, devait pouvoir en trouver, en interroger.

Mlle de Cantelou dut convenir que, parmi ses relations, les anciens résistants étaient en petit nombre. Cependant, elle savait, bien qu'il n'en fît jamais état, que le neveu d'une de ses amies de pension, hélas prématurément disparue, avait appartenu, tout jeune, presque un enfant encore, à un réseau de Résistance. Il était aujourd'hui prêtre et secrétaire particulier du cardinal Saliège. Elle ne le connaissait guère, mais elle le connaissait un peu. Pourquoi ne pas s'adresser à lui ? Un prêtre est toujours de bon conseil.

⁂

Michel Rébeyrol, élève de Septième, faisait sa dernière rentrée scolaire à Saint-Thomas d'Aquin, l'école des dominicaines de la Grande Rue Nazareth, universellement désignée sous le nom de pension Bertrand. Certes, la pension Bertrand dispensait un enseignement secondaire jusqu'au baccalauréat. Mais c'était une institution de jeunes filles. Les garçons n'y étaient tolérés, et en tout petit nombre, que dans les classes primaires. L'an prochain, Michel entrerait en Sixième au lycée Fermat. Peut-être serait-il, dans quelques années, l'élève de son père. Mais celui-ci comptait bien, d'ici là, enseigner à la Faculté des lettres, sinon comme professeur, du moins, s'il n'avait pas encore soutenu sa thèse, dans un de ces postes d'assistants qui existaient désormais. Quant à Chantal, qui entrait en Neuvième, elle pourrait faire toute sa scolarité chez les dominicaines si ses parents le souhaitaient.

Ou plutôt, si sa mère le souhaitait. Émilien Rébeyrol n'avait pas laissé sans réticences ses enfants fréquenter la pension Bertrand. D'un côté, l'esprit frondeur qu'il se flattait d'être, l'intellectuel épris des valeurs républicaines, voyait d'un œil chagrin ses enfants prendre le chemin de l'école libre. Qu'aurait dit, s'il vivait encore, leur grand-père, l'instituteur ? Et puis, il craignait de voir ce choix nuire à sa carrière. L'école catholique était tolérée, sans plus. Jusqu'à l'année précédente, les religieuses étaient contraintes de faire la classe en vêtements civils. Cette rentrée était la première où elles étaient autorisées à revêtir à nouveau l'habit blanc et le voile noir des dominicaines. D'un autre côté, il voyait mal quelle forme pourrait prendre sa persécution pour cléricalisme. Il voyait très bien, en revanche, que les mainteneurs de l'Académie des Jeux Floraux mettaient majoritairement leurs fils chez les jésuites de la rue des Fleurs et du Caousou, leurs filles chez les dominicaines.

Il s'était donc laissé convaincre. Michel avait commencé sa scolarité à l'école publique de la rue Pierre-Brunière, mais, lorsqu'il s'était agi d'inscrire

Chantal en Onzième, Marie-Thérèse avait obtenu que ce fût à Bertrand. Il ne lui restait plus alors qu'à faire valoir qu'elle ne pouvait accompagner les enfants à l'école dans deux directions opposées, rue Pierre-Brunière pour l'un et Grande Rue Nazareth pour l'autre. Il serait tellement plus simple de les mettre dans le même établissement, pour peu que la Mère supérieure acceptât de prendre Michel et ne considérât pas sa présence dans la classe comme une menace pour la vertu des petites filles.

C'est que Marie-Thérèse tenait à l'enseignement catholique avec la douce obstination qu'elle mettait à toute chose. Son mari soutenait que c'était par un attachement irréfléchi aux préjugés de son éducation bourgeoise, et il affectait d'exagérer la différence sociale qui, selon lui, les séparait. Il considérait que l'entreprise de menuiserie de son beau-père faisait de lui un industriel. Marie-Thérèse voyait en son père un artisan. D'où l'occasion de discussions, si elle avait accepté d'en discuter. Le fait est qu'elle avait une foi étrangement paisible et entière. Elle la conciliait le plus naturellement du monde avec le rationalisme positif et têtu qu'elle manifestait en toute circonstance et qui avait contribué à faire d'elle, au temps de ses études, une latiniste et une helléniste de premier ordre. Dans ses moments de mauvaise humeur, Émilien lui disait qu'au fond, elle détestait les idées. Elle aurait voulu lui répondre qu'elle détestait peut-être ce qu'il appelait, lui, des idées. Mais elle se taisait.

Le vendredi 16 septembre, Michel et Chantal étaient dans l'angoisse et l'excitation habituelles des jours de rentrée. Elle s'était assurée que Michel serait dans la classe de Mlle Valence, la meilleure maîtresse de la meilleure des deux Septièmes. Quant à Chantal, dans l'unique Neuvième, elle serait entre les mains de l'excellente et vive Mère Marguerite-Marie. Elle les avait accompagnés le matin, était allée les chercher à midi, les avait accompagnés à nouveau à 2 heures. Elle n'osait pas encore les laisser faire seuls le court trajet. Il fallait traverser la rue Ozenne, très passante.

Elle venait de la traverser elle-même à nouveau, cette rue Ozenne, au retour, après avoir laissé les enfants sous la grande entrée cochère de l'école. Un monsieur la salua. C'était Alfred Kopf. Elle le reconnut tout de suite. Il avait peu changé, parce que, jeune, il n'avait jamais fait très jeune. Émilien, au contraire, avait changé, et même plusieurs fois. Tout jeune professeur, il ressemblait à un gamin qui joue au maître d'école, avec sa tignasse, ses grosses lèvres de bébé, ses joues pleines. À son retour de captivité, il était maigre, un peu hagard, émouvant. Il avait perdu beaucoup de cheveux. Une mèche pauvre tombait sur son front. Aujourd'hui, il épaississait. Son cou devenait aussi large que son crâne. Mais Kopf aurait pu avoir passé ces douze années dans une boîte, net, épousseté, avec sa voix précise.

Douze ans, ou presque. Elle sait bien, par Émilien, qu'il est professeur de Seconde à Fermat. Elle le verrait si elle assistait à la distribution des prix, à la fête du lycée. Émilien lui reproche de ne jamais venir. Cela ne fait pas bon effet. Beaucoup de professeurs sont accompagnés de leurs épouses. L'an prochain, quand Michel sera en Sixième, elle ira à la distribution des prix, bien sûr. Bien sûr, répète ironiquement Émilien : tu feras pour lui ce que tu n'as jamais fait pour moi. Pour moi, tu n'es jamais venue à cette maudite distribution des prix. Si, elle y est allée une fois, pour lui, l'année où il a été nommé à Fermat, quand c'est lui, en tant que nouveau professeur, qui a prononcé le discours. Kopf était-il déjà là ?

Kopf. Il l'a reconnue. Il sait qu'elle est la femme d'Émilien Rébeyrol. À l'époque, a-t-il su son nom ? Marie-Thérèse Vernet. Elle n'a appris le sien qu'après, quand tout était fini, à la Libération. C'est étonnant qu'il l'ait reconnue. Elle lui a porté des messages deux fois, trois fois peut-être. Ils se croisaient, ils ne se parlaient pas. Si, une fois : elle devait lui dire une phrase insignifiante. Elle ne savait pas la véritable signification de cette phrase. Elle ne connaissait pas le contenu des messages. Elle ne savait rien. Elle ne comptait pas.

Mais il l'a reconnue. Il sait qui elle est. Il lui dit :

– C'est étrange, que je vous rencontre précisément aujourd'hui.

– Pourquoi est-ce étrange précisément aujourd'hui ?

– Parce que tout à l'heure...

Il s'interrompt. Il paraît soudain gêné. Elle l'est aussi. Elle demande :

– Vous allez au lycée ?

– Oui. Pour une heure seulement, de 3 à 4.

– Vous habitez le quartier ?

Elle s'étonne de ne l'avoir jamais rencontré auparavant, s'il passe par la rue Ozenne pour aller à Fermat.

– De l'autre côté des allées Saint-Michel, près du Jardin des Plantes. Nous avons emménagé cet été.

Tout s'explique. L'itinéraire est pour lui nouveau. Le « nous » suppose qu'il est marié, qu'il a une famille. Mais elle n'ose pas l'interroger. Elle lui souhaite une bonne rentrée et ils se séparent.

À 4 heures, elle va chercher les enfants à l'école. Elle traîne un peu, parle aux maîtresses, à d'autres mamans. Elle achète du pain au début de la rue Mage. Elle achète du lait à l'Épargne de la rue Ozenne. Peut-être croisera-t-elle à nouveau Kopf. Il a dit qu'il n'avait qu'une heure de cours et sortait lui aussi à 4 heures. Mais elle ne le voit pas. Elle rentre en portant son pain, son lait et les cartables des enfants, qui sont fatigués.

⁂

Mlle de Cantelou avait téléphoné à l'abbé de Sérac avec un embarras qui ne lui était pas habituel. Son caractère, son éducation, son milieu, une vie entière passée dans la même ville, à fréquenter les mêmes personnes connues depuis toujours : tout concourait à lui donner une aisance faite d'assurance autant que de simplicité. Mais au moment de parler à ce jeune prêtre, dont, au bout du fil, la voix courtoise et circonspecte ne l'encourageait guère, elle avait senti cette aisance, cette assurance et même cette simplicité l'abandonner. Elle devait s'expliquer, mais elle ne devait pas tout dire. Elle avait l'impression d'être dans le cas de réserver un aveu en confession. Elle se sentait inexplicablement coupable et s'irritait de s'entendre elle-même se perdre en préalables confus.

Elle ne devait pas tout dire. Bien entendu, elle était résolue à montrer à l'abbé de Sérac le portefeuille de X., sans lui cacher le lieu où il avait été retrouvé, ainsi que la carte de visite d'Arnaud, dont la présence dans ce portefeuille justifiait sa curiosité. Peut-être l'abbé aurait-il quelque information qui expliquerait la présence du grand résistant rue de la Pleau et ses relations avec son malheureux frère. Mais elle était convenue avec Mlle Piron-Blanchard de ne pas parler du bout de papier. Il n'était pas question de compromettre inutilement auprès du secrétaire particulier du cardinal, même consulté en confidence, son ami Xavier Fauré de Lavèze, avocat de l'archevêché et administrateur de la pension Bertrand. Et puis, le simple fait d'avoir vu écrit ce surnom ridicule de Boulou avait éveillé en elle trop de souvenirs attendris. Elle se sentait le devoir de protéger Boulou comme si, en culotte courte et en costume marin, il avait encore été aux prises avec un cerceau trop grand pour lui.

Elle devait donc taire à l'abbé de Sérac la raison essentielle pour laquelle elle le consultait. Car, pour ce qui était d'Arnaud de Cantelou, elle n'avait plus rien, hélas, ni à apprendre ni à cacher. Quant au passé et à l'avenir de X., ils lui étaient, en réalité, profondément indifférents. Voilà ce qui rendait la conversation téléphonique laborieuse. Mais, tandis qu'elle maudissait en elle-même sa maladresse, elle ne se rendait pas compte que son embarras la servait auprès de son interlocuteur. L'abbé de Sérac connaissait Mlle de Cantelou. Il savait quel avait été le destin de son frère. Il soupçonnait que, si elle désirait le voir en toute discrétion pour recueillir des informations touchant la Résistance à Toulouse, il ne pouvait s'agir que d'une affaire délicate et probablement douloureuse pour elle. Le trouble qu'elle trahissait au téléphone le lui confirmait.

Il fit cependant valoir que son rôle dans la Résistance avait été si modeste et que, pour d'évidentes raisons de sécurité, le morcellement de l'information à l'intérieur du réseau avait été tel, qu'il ne savait au fond pas grand-chose de ce à quoi il avait participé. Quelle que fût la question que Mlle de Cantelou souhaitait lui poser, il était probable qu'il ne saurait pas y répondre. C'est pourquoi il demanda l'autorisation de se faire accompagner de son ancien chef de réseau, qui était évidemment au courant d'une multitude de choses qu'il ignorait et avec lequel il était resté en relations. Il répondait de sa discrétion comme de la sienne propre.

Mlle de Cantelou aurait préféré le voir en tête à tête. Mais elle se rendit à ses raisons. Après tout, si l'enquête devait être poursuivie auprès d'un tiers, autant que ce fût en sa présence. Rendez-vous fut pris pour le vendredi 14 septembre à 6 heures, chez elle, puisqu'elle était immobilisée par une entorse et que, malgré ses promesses, le professeur Dumesnil ne la déplâtrerait pas avant lundi.

⁂

Michel et Chantal finissent enfin de boire leur Banania et de manger leurs tartines. Le goûter a été long. Ils ont tant à raconter ! La conversation roule sur les fournitures scolaires qu'il faut aller acheter – dès ce soir, maman – à la papeterie de la rue Pharaon, en suivant scrupuleusement la liste dictée par la maîtresse. Mère Marguerite-Marie exige un crayon bicolore, que l'on taille aux deux bouts, rouge d'un côté, bleu de l'autre. Chantal est ravie de cette ingéniosité. Michel n'en est pas impressionné. Dans sa classe, Colette Pujol, qui lance les modes et dont le papa a le beau magasin de vêtements de la rue de Metz, a sorti tout à l'heure de sa trousse un stylo à bille Waterman chromé à quatre couleurs : on pousse sur le côté un bouton, discrètement teinté de noir, de bleu, de rouge ou de vert, et l'on écrit dans la couleur choisie. Toute la classe était éblouie, mais

Mlle Valence l'a confisqué. De toute façon, les maîtresses ne permettent pas qu'on écrive au stylo à bille.

Émilien rentre à son tour. Marie-Thérèse le plaint de le voir si occupé de ses soucis et de ses rancœurs. Il mêle, dans ses récriminations, son emploi du temps et l'avenir des humanités, Mlle Verjoul et la formation des jeunes esprits. Marie-Thérèse se reproche de prendre un intérêt plus spontané au crayon bicolore de Mère Marguerite-Marie et au stylo à bille de Colette Pujol. Après tout, les sujets qui l'occupent sont graves. Comment lui reprocher d'y mêler les accidents de sa propre vie ? Chacun ne fait-il pas de même ? Brusquement, il parle de Kopf. Il se reproche de l'avoir mal jugé. Leur conversation, tout à l'heure, dans la salle des professeurs, le lui a fait découvrir sous un jour nouveau.

Marie-Thérèse ne lui dit pas qu'elle a rencontré Kopf rue Ozenne. Elle ne lui a jamais dit qu'elle connaissait Kopf. Ce n'est pas un mensonge. C'est le contraire qui en serait un : elle ne peut pas vraiment dire qu'elle le connaît. Oui, mais lui, il la connaît. Il se souvenait d'elle. Il l'a reconnue. Du coup, pourrait-elle encore honnêtement soutenir qu'elle ne le connaît pas ?

Mais elle ne peut pas parler de Kopf à Émilien. Elle ne peut pas lui parler de la guerre. Ces cinq années sont celles qui les séparent et celles qui les ont unis. Il a fait son pauvre bout de guerre avec application. C'est un homme appliqué. Il était aspirant. Il a été nommé sous-lieutenant pendant la drôle de guerre. Il a été fait prisonnier presque tout de suite, avec tant d'autres. Cinq ans dans un Oflag, en Poméranie. Il en est revenu persuadé que c'était lui qui avait vécu et souffert. Pas un héros, non, tout de même. Mais enfin, il racontait le froid, la faim, l'effort pour maintenir, face aux geôliers, la dignité de l'officier français, l'affirmation de l'invincibilité de l'esprit par l'organisation de cours, de conférences dans l'enceinte du camp. En même temps, il découvrait tout ce qu'il avait manqué, les dangers, les souffrances, l'héroïsme. Il devinait que certains de ceux qu'il avait crus à l'abri avaient plus que lui vécu et souffert. Elle l'avait attendu. Il lui semblait, en le retrouvant, que si elle lui avouait avoir couru – oh ! si peu – ces dangers, risqué ces souffrances, ce serait comme si, pendant son absence, elle l'avait trahi. S'il en avait su l'existence, le message codé qu'elle glissait à Kopf dans un café de la rue du Taur lui aurait été plus douloureux qu'un billet d'amour.

Et puis, de quoi se serait-elle vantée, elle dont le rôle avait été si bref, si insignifiant ? Comment aurait-elle même osé parler, alors que Kopf se taisait ? Kopf s'est toujours tu. Il n'a monnayé son héroïsme ni en honneurs ni en carrière. Il est resté aussi discret que s'il risquait encore sa vie.

Ce même soir, lorsque Émilien remonte de chez Mlle de Cantelou, à qui il a voulu rendre cette absurde visite (Marie-Thérèse sait bien que c'est dans l'espoir de rencontrer et de circonvenir

Mlle Piron-Blanchard), il lui parle à nouveau de Kopf :

– Figure-toi qu'il était installé dans le salon de Mlle de Cantelou en compagnie de l'abbé de Sérac ! Oui, le secrétaire de Saliège. Ils ont l'air de se connaître comme s'ils avaient fait le régiment ensemble.

Il ne croit pas si bien dire. Sans rien savoir, le voilà irrité, chagrin. Marie-Thérèse comprend pourquoi Kopf, tout à l'heure, a traité leur rencontre comme une coïncidence. Il sait où elle habite. Il savait où il devait se rendre en fin d'après-midi. Mais pourquoi cette visite ? Si Mlle de Cantelou reçoit ensemble Alfred Kopf et l'abbé de Sérac, serait-ce qu'elle est encore poursuivie par le destin de son misérable frère ?

IV

Journal d'Émilien Rébeyrol
Lundi, 17 septembre 1956

Décidément, Kopf est insupportable. Je me suis laissé sottement impressionner, le jour de la rentrée, où il m'a paru si sympathique. S'il suffisait, pour être sympathique, de trouver le proviseur lamentable, tout le monde serait sympathique. D'ailleurs, le soir même, quand je l'ai trouvé installé chez cette pauvre Cantelou, cela m'a fait repenser à notre conversation de l'après-midi, et j'ai eu soudain le sentiment que ce qu'il disait sonnait faux. En tout cas, aujourd'hui, il s'est démasqué.

Il s'approche de moi, dans la cour d'honneur, et me demande quelle pièce de Racine ses Secondes de cette année ont étudiée avec moi, l'an dernier, en Troisième.

– *Iphigénie*, lui dis-je.

Il se tortille :

– Mais, mon cher collègue, *Iphigénie* appartient au programme de la Seconde. Je comptais précisément l'étudier cette année. Je suis un peu ennuyé. Vous savez bien qu'en Troisième, les élèves sont supposés lire *Andromaque*. L'an dernier, déjà…

Et voilà ! Toujours le même ! Il commence à me chauffer les oreilles, avec sa Troisième, sa Seconde et ses airs de supériorité ! Je prends mon ton le plus sarcastique :

– Mon cher collègue, je vous présente mes plus humbles excuses. Comment un misérable professeur de Troisième a-t-il osé expliquer une œuvre qui dépasse ses pauvres capacités ? Par ma faute, nos élèves seront privés de l'admirable cours que vous leur auriez fait…

Il se hâte de m'interrompre. Je jouais sur du velours : il suffit que je mentionne l'abîme qui sépare les professeurs du premier et du deuxième cycle pour qu'il devienne nerveux et proteste, d'un ton si pénétré qu'on serait presque tenté de le croire, que je lui fais tort et que cette différence n'existe ni à ses yeux ni à ceux de quiconque. Cela ne manque pas :

– Nullement. Je suis certain, au contraire, que votre cours était meilleur que celui que je leur aurais fait. Aucune importance : je ferai *Britannicus*. C'est une pièce que je préfère, au fond, à *Iphigénie*. Vous voyez que vous m'avez rendu service, conclut-il avec son mince sourire.

Mais je n'entends pas m'être échauffé pour rien. Plus sa voix est retenue, plus la mienne enfle et résonne. Elle emplit ma bouche et, par comparaison, son pauvre accent me paraît plat autant que pointu.

– *Iphigénie*, mon cher collègue, est une pièce qui enseigne l'obéissance. Pensez-vous que cette leçon ne puisse être comprise par des élèves de Troisième ou qu'elle leur soit inutile, au seuil de l'adolescence ?

Mon père,
Cessez de vous troubler, vous n'êtes point trahi.
Quand vous commanderez, vous serez obéi.

– Pitié ! Assez ! s'est écrié Peiresc, qui, toujours intéressé par ce qui ne le regarde pas, s'était mêlé à la conversation. D'ailleurs, je ne sais pas pourquoi je te dis de te taire : tu te serais arrêté tout seul. Je suis bien sûr que tu ne connais que ces deux vers, ceux que tout le monde sait par cœur. Et tu ne t'es pas aperçu que, dans *Iphigénie*, l'obéissance est exigée d'une fille ? Ou alors, oublierais-tu que nous enseignons dans un lycée de garçons ? Tes élèves, tu peux en être certain, se sentent parfaitement étrangers au destin de la fille d'Agamemnon. Ils sont tout à fait d'accord pour que leurs sœurs obéissent et pour qu'on les sacrifie le cas échéant.

– Je ne dis plus rien, ai-je répondu. Je ne peux que m'incliner bien bas devant M. Kopf, qui est un ami de ma propriétaire et qui prend le thé chez elle avec le plus proche collaborateur du cardinal.

Kopf a haussé les épaules en murmurant :

– Voyons, voyons, mon cher collègue. Ne parlons pas de cela !

Mais j'avais touché juste. Il était embarrassé. Peiresc lui a lancé un drôle de regard et a tourné les talons. Kopf s'est repris et a ajouté :

– Décidément, nos chemins se croisent, ces jours-ci. Hier, j'ai eu le plaisir de voir Mme Rébeyrol et vos charmants enfants.

– Où cela ?

– À la fête Saint-Michel.

– Que faisiez-vous à la fête Saint-Michel ?

– La même chose que votre épouse : je regardais mes enfants pêcher des canards en celluloïd.

Comment Kopf connaît-il Marie-Thérèse ? Elle ne m'a pas dit qu'elle l'avait rencontré. Peut-être ne l'a-t-elle pas vu. De toute façon, je ne crois pas qu'elle le connaisse, elle. Lui a pu nous apercevoir un jour ensemble, sans doute dans la rue, puisque Marie-Thérèse ne daigne guère se montrer au lycée en ma compagnie. Ou alors un de ses enfants est dans la même classe que l'un des nôtres. Mais il est protestant. Il n'a certainement pas mis ses enfants chez les dominicaines.

Je ne sais pourquoi je me suis laissé entraîner à relater cette discussion ridicule. Je laisse Kopf à ses affaires. Qu'il fasse donc lire *Britannicus* à ses élèves, pêche tous les canards en celluloïd du monde et rende visite tous les soirs à Mlle de Cantelou ! Je suis plus préoccupé par mes propres relations avec elle. C'est d'ordinaire une propriétaire accommodante, mais le dernier incident me conduit à me demander si elle n'est pas plus retorse qu'il y paraît.

Hier, en fin d'après-midi, j'étais dans mon bureau, en plein travail. Le dimanche est le seul jour que je puisse consacrer entièrement à mes travaux personnels. Marie-Thérèse pourrait le comprendre, elle qui me répète semaine après semaine, avec douceur, je le reconnais, mais aussi avec une obstination exaspérante, que je devrais passer plus de temps avec les enfants. Elle ne se rend pas compte que je fais déjà un gros effort en les accompagnant, elle et eux, à la messe. La moitié de la matinée y passe. C'est bien le moins qu'ensuite le labeur de mon après-midi ne soit pas interrompu.

Je travaillais donc dans mon bureau. Marie-Thérèse avait emmené les enfants à la fête Saint-Michel, où, comme je l'ai appris aujourd'hui, la famille Kopf était allée s'ébattre également. Kopf est supposé faire une thèse sur Quintus de Smyrne. Je ne sais pas à quel rythme elle progresse s'il passe ses dimanches à promener ses enfants. Cela aussi, c'est son affaire. La fête Saint-Michel, qui se tient sur les allées du même nom, devrait, comme toute fête votive qui se respecte, avoir lieu le jour où l'on fait mémoire du saint qu'elle est supposée honorer. En fait, elle déborde sur un bon mois, de part et d'autre du 29 septembre, et attire tous les forains de France et de Navarre. Tir à la carabine, autos tamponneuses, montagnes russes, lumières clignotantes et musique appropriée : l'horreur à l'état pur. Les enfants en raffolent. Sous prétexte que c'est la fête de son saint patron, et par conséquent la sienne, Michel prétend au droit d'y passer ses jours et ses nuits et de soutirer à sa mère des sommes insensées.

Hier soir, ils en sont revenus tous deux à grand fracas, chacun s'efforçant de crier plus fort que l'autre et de débiter plus vite le récit de ses exploits, poisseux de barbe à papa, les mains chargées des babioles consternantes gagnées à la pêche aux fameux canards en celluloïd. Leur triomphe avait été d'obtenir de Marie-Thérèse l'autorisation réticente (elle craignait, bien à tort, qu'ils ne fussent dangereusement impressionnés) de parcourir, dans un décor médiéval, un labyrinthe obscur destiné à susciter l'épouvante au moyen de squelettes, de toiles d'araignée et de gémissements lugubres. Le décor médiéval a obtenu mon approbation jusqu'au moment où j'ai découvert que l'attraction était baptisée « Château du roi Kismar ». *O tempora, o mores !*

Mais, avant leur retour, j'avais fait une petite découverte qui sur le moment, je dois le dire, m'a amusé. Mon bureau est disposé devant la cheminée, à laquelle je tourne le dos lorsque j'y suis assis. Le cambrioleur que j'ai surpris il y a aujourd'hui tout juste une semaine m'a paru, pendant le bref instant où je l'ai aperçu, être accroupi près de cette cheminée, où nous ne faisons pas de feu et devant laquelle s'entassent, comme je l'ai dit, mes notes et mes dossiers – ces notes et ces dossiers dans lesquels il avait fouillé et qu'il avait dispersés. Hier, au moment de m'asseoir après être allé prendre un livre sur les étagères, j'ai aperçu par terre un petit triangle blanc, juste devant la cheminée, à un endroit dégagé de façon inhabituelle, car je venais de poser sur mon bureau les papiers qui s'y trouvent d'ordinaire.

En me penchant, je me suis aperçu que c'était le coin d'une feuille de papier qui s'était glissée sous le tablier de la cheminée. Je l'ai attrapé et j'ai essayé de tirer la feuille à moi, mais elle était coincée. Je ne voulais ni la déchirer ni la perdre. C'était, sans nul doute, une feuille échappée de l'un de mes dossiers. Elle portait peut-être des notes importantes. Vraisemblablement, il s'agissait de l'un des papiers dispersés par mon visiteur de lundi dernier. En ce cas, elle pouvait livrer un indice sur l'objet de sa fouille. Bref, il me fallait cette feuille. Le seul moyen de la récupérer intacte était de soulever le tablier de la cheminée.

Je n'y suis pas parvenu sans mal, car il était coincé et faussé. Ce mal, je me l'étais donné pour rien : la feuille, jaunie et maculée, était vierge de toute écriture. Dieu sait depuis combien de temps elle se trouvait là. J'ai alors voulu baisser à nouveau le tablier de la cheminée, mais cette fois il a résisté avec une obstination digne de Marie-Thérèse. Je pesai de tout mon poids sur la poignée en forme de coquille Saint-Jacques, trop mince et trop courte pour que je puisse l'empoigner, qui me narguait comme une langue tirée. Elle se cassa avec un bruit sec et tomba sur les tomettes du foyer, tandis que je perdais l'équilibre. Je me suis rattrapé comme j'ai pu et, accroupi devant la cheminée béante, je me suis plongé dans un débat intérieur dont l'objet était de décider si je me lèverais pour aller chercher une pince plate ou si je laisserais les choses en l'état, dans l'attente du jour où un improbable homme de l'art viendrait débloquer le tablier et remettre en place la coquille Saint-Jacques.

J'étais abîmé dans cette méditation quand j'ai soudain entendu des voix. Non pas des voix venues du ciel. Des voix qui montaient vers moi par le conduit de la cheminée. La voix de Mlle de Cantelou et celle de Mlle Piron-Blanchard, parfaitement reconnaissables, la première un peu voilée, la seconde ferme et aiguë. Je les entendais aussi distinctement que si ces dames avaient été à côté de moi dans la pièce. Voilà bien les vieilles maisons de Toulouse ! Les murs de brique sont épais comme ceux d'une forteresse. Et pourtant les paroles volent d'un étage à l'autre en passant par la cheminée, comme le Père Noël ou Don César dans *Ruy Blas*.

Je sais, tout comme un autre, qu'il est fort mal élevé d'écouter une conversation qui ne vous est pas destinée. Mais je ne suis pas plus vertueux qu'un autre : j'ai un peu écouté. L'aurais-je voulu, que je n'aurais pu éviter d'entendre la conversation de mes voisines, puisque ce satané tablier de cheminée était bloqué et que la défection de la coquille Saint-Jacques m'interdisait de le redescendre. Au reste, j'étais la seule victime de l'incident, dérangé que je l'étais dans mon travail par le bavardage des deux vieilles demoiselles.

Elles débattaient, avec une certaine animation, de la meilleure cachette possible pour y dissimuler un portefeuille. Curieusement, l'une d'elles déplorait que le salon de Mlle de Cantelou ne fût pas orné d'une corniche dissimulant des lampes à éclairage indirect. La seule idée qu'un élément de décoration aussi moderne pourrait être introduit dans le salon de ma propriétaire, où rien n'a bougé depuis le temps de son arrière-grand-père, m'a fait pouffer de rire, mais tout bas, car si les voix montaient, elles pouvaient aussi bien descendre. Elles ont ensuite commenté l'intelligence des cambrioleurs et leur aptitude à découvrir les cachettes les plus ingénieuses. Mlle de Cantelou a raconté qu'une de ses jeunes amies, éprise de modernisme, a équipé son domicile d'une machine à laver et que, lorsqu'elle part en vacances, elle dissimule son argenterie dans les entrailles de l'appareil. Mlle Piron-Blanchard a répondu que ces entrailles s'appellent un tambour et a ajouté que le jour prochain où tous les foyers seraient équipés d'une machine à laver, cette idée originale serait aussi éventée que celle qui consiste aujourd'hui à dissimuler des objets derrière le tablier d'une cheminée.

Cette remarque, identique à celle que m'avait faite Marie-Thérèse une semaine plus tôt devant cette même cheminée, m'a désagréablement rappelé la tendance de ma femme à ne pas prendre mes travaux au sérieux. Absorbé par cette pensée, je n'écoutais plus que d'une oreille la conversation de mes voisines, lorsque j'ai entendu prononcer mon nom. Bien entendu, mon attention s'est réveillée. Il était question de la tentative de cambriolage dont nous avons été victimes. Les deux commères, mais tout particulièrement Mlle Piron-Blanchard, se gaussaient à l'idée que mes recherches pourraient exciter la convoitise et que mes dossiers pourraient mériter qu'on se donnât la peine de les dérober. J'étais ulcéré, comme on peut le comprendre. Mais j'ai vite deviné ce qui se passait dans la tête de ces pauvres femmes et à quoi rimait leur stupide discussion autour d'un portefeuille.

Elles pensaient évidemment que le cambrioleur cherchait de l'argent ou des objets précieux. Elles craignaient qu'après sa tentative interrompue par notre retour, il ne revînt pour s'en prendre, cette fois, à l'appartement de Mlle de Cantelou. Elles cherchaient donc un endroit sûr où dissimuler argent et valeurs. Tout occupées à voir en moi un sot prétentieux, elles ne réfléchissaient pas qu'aucun cambrioleur animé par le seul esprit de lucre ne se serait donné la peine de monter au premier étage pour visiter l'appartement d'un professeur de lycée, alors que le rez-de-chaussée est occupé par l'héritière d'une des plus vieilles familles de Toulouse, peut-être à demi ruinée, mais dont le logis regorge d'objets anciens, de bibelots, de tableaux, d'argenterie, sans doute de bijoux. Cette circonstance à elle seule donne du poids à mon hypothèse.

Ma commisération pour tant d'aveuglement et le sentiment de supériorité que j'en tirais me vengeaient un peu de la blessure infligée à mon amour-propre. Que m'importe l'opinion d'une vieille ignorante comme Mlle de Cantelou et d'un vieux bas-bleu comme Mlle Piron-Blanchard ? Celle-là, elle peut bien veiller sur le cor de Roland aussi jalousement qu'une poule, à laquelle elle ressemble, sur sa couvée ! La vérité éclatera malgré elle et elle sera confondue. Lorsque, quelques instants plus tard, Marie-Thérèse et les enfants sont revenus de la fête Saint-Michel, j'étais donc, somme toute, plutôt égayé par l'incident. Je le leur ai raconté pendant le dîner, dès que le sujet des canards en celluloïd et du château du roi Kismar s'est trouvé épuisé et que j'ai pu placer un mot. Par égard pour les enfants, j'ai seulement passé sous silence les remarques désobligeantes à mon endroit que j'avais surprises. J'ai des principes d'éducation trop stricts pour exposer Michel et Chantal au risque de mésestimer la valeur de leur père et de ses travaux. Mais j'ai souligné, non sans une certaine verve, le ridicule des préoccupations qui alimentaient la conversation de nos voisines.

Marie-Thérèse en a été moins amusée que je l'espérais. Je trouve son esprit parfois rebelle à l'humour et son caractère rabat-joie. Elle m'a fait comprendre d'un mot qu'elle me blâmait de parler sur ce ton de Mlle de Cantelou et de Mlle Piron-Blanchard en présence des enfants. Elle m'a surtout reproché l'indiscrétion avec laquelle j'avais écouté leurs propos. Mais enfin, que diable, lui ai-je répondu, je ne pouvais pas me boucher les oreilles ! Est-ce ma faute, si ce maudit conduit de cheminée est un cornet acoustique ? C'est moi qui pourrais me plaindre d'avoir été dérangé dans mon travail par le caquetage de ces deux vieilles pies !

Insensible à mes arguments, comme il était prévisible, Marie-Thérèse a de nouveau froncé les sourcils en désignant les enfants d'un signe de tête et elle a déclaré, de sa petite voix nette, qu'il fallait sans tarder informer Mlle de Cantelou de cette situation.

C'est ce qu'elle a fait aujourd'hui, pendant que Kopf me cherchait des poux dans la tête à propos d'*Iphigénie*. Elle vient tout juste de me faire le récit de sa visite, après avoir attendu que les enfants soient couchés. Elle était un peu déconcertée, elle qui l'est si rarement.

Mlle de Cantelou n'a pas semblé d'abord accorder une importance considérable à l'incident. Marie-Thérèse a bien dû commencer par lui révéler que ce qui se disait dans son salon s'entendait dans mon bureau, mais elle a surtout insisté, à l'inverse, sur sa crainte que le bruit que font les enfants, et dont elle ne cesse de s'excuser auprès d'elle, ne la dérange plus encore en passant directement par le conduit de la cheminée. Elle ne voulait pas, en effet, donner l'impression que sa démarche était une plainte déguisée et une manière de dire que nous sommes importunés par notre voisine et propriétaire à cause du mauvais état de sa maison. Mlle de Cantelou l'a pleinement rassurée, comme elle le fait toujours : les enfants ne lui causent aucune gêne ; ils sont charmants et bien élevés ; leur joyeuse agitation, loin de lui être pénible, la réjouit et la rajeunit.

Au bout d'un moment, pourtant, les premiers mots qu'avait prononcés Marie-Thérèse ont paru faire leur chemin dans son esprit. Elle est revenue, sans avoir l'air d'y toucher, sur les propos que j'avais pu surprendre depuis mon bureau. Un peu embarrassée, Marie-Thérèse a jugé qu'il valait mieux ne pas en faire mystère et que, franchement avouée, mon indiscrétion involontaire serait atténuée. Prenant la chose sur le mode léger, elle a répondu en riant que, si j'étais un cambrioleur, Mlle de Cantelou et Mlle Piron-Blanchard auraient lieu d'être inquiètes, car elles parlaient d'un portefeuille.

L'attitude de Mlle de Cantelou a brusquement changé. Elle semblait soudain absente et s'exprimait avec une raideur et une froideur d'autant plus déconcertantes qu'elles ne sont ni dans son caractère ni dans sa manière d'être habituelle. De plus en plus gênée, Marie-Thérèse, affectant toujours une vivacité enjouée, s'est risquée à commenter un instant ce phénomène acoustique, qui, a-t-elle insisté pour rassurer Mlle de Cantelou, est nouveau, et à émettre des hypothèses sur son origine : peut-être des briques du conduit de cheminée se sont-elles descellées, laissant ainsi passer les sons d'un appartement à l'autre. Mlle de Cantelou a répondu brièvement que tel était, en effet, peut-être le cas. Sur quoi la conversation est tombée et Marie-Thérèse n'a pas tardé à prendre congé.

Cette pauvre Marie-Thérèse, en me racontant la scène, était encore toute retournée. Elle se reprochait d'avoir provoqué une telle agitation chez Mlle de Cantelou, qui est âgée et dont la constante et profonde pâleur est le signe probable d'un cœur fatigué. Sa compassion m'a paru mal placée. Le trouble de Mlle de Cantelou est facile à expliquer : elle s'est rendu compte que, si j'avais entendu la discussion sur le portefeuille, les propos désobligeants tenus sur mon propre compte ne m'avaient pas échappé non plus. Mais comme je n'avais pas cru bon d'en faire état à la table familiale, il m'a paru inutile de les rapporter alors à Marie-Thérèse.

D'autant plus inutile que le comportement de Mlle de Cantelou a certainement une autre raison, au fond plus fâcheuse, que je ne me suis pas fait faute d'exposer à Marie-Thérèse, en lui reprochant – avec douceur – de ne l'avoir pas pénétrée d'elle-même. Si le conduit de cheminée s'écroule, la réparation en incombe au propriétaire. Mlle de Cantelou le sait parfaitement, mais elle s'est bien gardée d'en parler. Elle a préféré apitoyer Marie-Thérèse en prenant l'air égaré et la déconcerter par une froideur soudaine. Si j'avais été là, j'aurais su mettre les points sur les i. À présent, il va falloir revenir à la charge auprès de notre propriétaire. Marie-Thérèse a vivement répliqué qu'il n'en était pas question : le sujet est manifestement si pénible à Mlle de Cantelou qu'il serait grossier et cruel de l'aborder à nouveau. C'est justement ce qu'elle souhaite, me suis-je écrié. Toute cette affectation d'émotion contenue n'avait pas d'autre but. Nous n'allons tout de même pas supporter les frais d'une réparation qui doit être à sa charge !

Marie-Thérèse s'est indignée et m'a assuré que je me trompais du tout au tout sur le compte de notre propriétaire. La naïveté de ma femme est parfois sans limites. Il faut convenir qu'un homme a toujours plus les pieds sur terre et le sens pratique plus développé. Pour moi, je suis certain que cette vieille fille est plus retorse en affaires qu'elle n'en donne l'impression.

⁂

Émilien Rébeyrol a tort. À l'instant même où il écrit ces lignes, Mlle de Cantelou, un étage plus bas, se reproche de n'avoir pas dit immédiatement à Marie-Thérèse Rébeyrol qu'elle s'occupera, bien entendu, de la réparation. Mais les pensées ne circulent pas, comme les paroles, par le conduit des cheminées. À vrai dire, la vieille demoiselle a plusieurs raisons de tenir à se charger de la réparation, à la faire faire le plus vite possible et à surveiller elle-même les travaux. La première est qu'elle est d'une honnêteté trop scrupuleuse pour se dérober à ses obligations. La deuxième est qu'elle ne tient pas à ce que tout ce qui se passe chez elle retentisse indéfiniment aux oreilles de Rébeyrol. Ce pauvre Rébeyrol ! Quand elle pense à ce qu'elles ont dit de lui, hier ! Madeleine était déchaînée. A-t-il entendu cette partie de leur conversation ? Sans doute, puisque c'était précisément au moment où elles parlaient du portefeuille. Elle rosit légèrement. Madeleine dirait qu'il ne l'a pas volé, mais il faut avouer qu'elle poursuit ce pauvre homme d'une acrimonie excessive. Pour elle, elle n'aime pas être blessante. S'il lui arrive de l'être, elle se sent elle-même humiliée.

La troisième raison est la plus pressante. La semaine précédente, lorsque les Rébeyrol sont descendus lui annoncer qu'ils avaient surpris un cambrioleur chez eux à leur retour de vacances, elle a immédiatement pensé au drame que serait le vol, chez elle, du portefeuille de X. et des documents qu'il contient. Elle s'est même demandé un instant si c'était par le seul effet du hasard que cette intrusion chez ses voisins se produisait précisément le lendemain du jour où Madeleine Piron-Blanchard lui avait révélé l'existence du portefeuille et où elles en avaient découvert ensemble le contenu. Plus tard, elle s'est raisonnée. Qui aurait pu savoir ? Certes, peu avant que les Rébeyrol ne trouvent chez eux ce visiteur indésirable, elle a téléphoné à l'abbé de Sérac. Mais, même à le supposer soupçonnable, ce à quoi elle ne peut se résoudre, même à supposer soupçonnable son ami, M. Kopf, elle ne lui en a pas dit assez pour qu'une descente précipitée de l'un ou de l'autre chez les Rébeyrol soit vraisemblable. Et puis, pourquoi chez les Rébeyrol ?

Pourquoi chez les Rébeyrol ? Parce qu'on peut entendre tout ce qui se dit dans son salon depuis le bureau d'Émilien Rébeyrol et qu'il était facile de s'installer dans ce bureau, puisque l'appartement était vide et aurait dû le rester encore deux ou trois jours. Quelqu'un qui aurait été au courant de l'existence du portefeuille aurait pu avoir l'idée de l'espionner ou de la faire espionner pour tenter de savoir ce qu'il contient, ce qu'elle a l'intention d'en faire, pour découvrir où elle le cache afin de le dérober plus facilement. Quelqu'un, mais qui ? Décidément, pas l'abbé de Sérac. Elle est certaine de n'avoir pas mentionné le nom de X. dans la conversation téléphonique qu'elle a eue avec lui et de ne lui avoir même pas parlé d'un portefeuille. Elle a seulement mentionné en termes vagues un fait nouveau lié à un passé douloureux. Le jeune abbé a pensé qu'il s'agissait d'Arnaud de Cantelou, et de lui seul. Sa réponse empreinte d'une compassion prudente, son allusion aux souffrances passées qu'il est inutile de réveiller, le révélaient assez. Au reste, il lui semble bien avoir donné ce coup de téléphone moins d'une heure avant l'arrivée des Rébeyrol. Il aurait fallu que, le combiné téléphonique à peine reposé sur son socle, l'abbé de Sérac se précipite hors de l'archevêché pour courir tout droit rue du Languedoc escalader, en retroussant sa soutane, le toit situé en contrebas de la fenêtre des Rébeyrol, qu'il ne connaît pas et dont il n'avait donc aucun moyen de savoir s'ils étaient chez eux ou non. Certes, ce M. Kopf, collègue de Rébeyrol, pouvait peut-être le renseigner, voire se rendre lui-même sur les lieux. Mais, en si peu de temps, comment imaginer que l'abbé de Sérac aurait pu alerter Kopf, qui, au demeurant, n'a pas non plus le style de quelqu'un qui s'accroche aux gouttières et pénètre chez les gens par effraction. Non, rien de tout cela ne tient debout. Et puis, quel aurait été leur mobile, à l'un et à l'autre ?

Alors qui ? Personne ne savait, personne ne pouvait savoir. Personne ? Mlle de Cantelou, qui, au fil de ses réflexions, faisait grincer son fauteuil, secouait la tête, agitait ses petites mains pâles, délicatement ridées, se fige soudain. Xavier Fauré de Lavèze ! Il accompagnait Madeleine Piron-Blanchard, rue de la Pleau, le jour où elle a trouvé ce portefeuille, auquel il s'avère qu'il est lié de façon si étroite et si inattendue. Madeleine est certaine qu'il lui tournait le dos quand elle l'a ramassé et qu'il n'a rien remarqué. Elle peut se tromper. Certes, ce n'est certainement pas lui qui s'est introduit chez les Rébeyrol. Pas plus que l'abbé de Sérac ou que Kopf, on ne l'imagine faisant l'acrobate au milieu de l'après-midi en pleine rue du Languedoc. On l'imagine même encore moins qu'eux, quand on pense qu'il a trente ans de plus que l'un et vingt ans de plus que l'autre. Mais un avocat a, par la force des choses, des clients peu recommandables, dont certains sont ses obligés. Parmi eux, il peut se trouver un monte-en-l'air professionnel. Et puis, si le petit Boulou, devenu grand, a pu se trouver associé à X. dans des circonstances aussi sulfureuses que celles suggérées par le portefeuille, qui dit qu'ils ne sont pas restés liés, de façon souterraine, tout en affichant des opinions différentes ? Il peut vouloir récupérer le portefeuille pour protéger X. comme pour se protéger lui-même.

Comment l'affronter dès le lendemain avec ce soupçon ? Dès le lendemain, car, toujours attentifs, les Fauré de Lavèze ont organisé un petit dîner sans façon pour célébrer la guérison de son entorse. Ce sera sa première sortie. Comme le court trajet jusqu'à la rue Perchepinte est encore trop long pour sa cheville, qui reste fragile, et pour lui éviter de sortir sa 2 CV, le professeur Dumesnil passera la chercher.

Cette soirée, dont elle se faisait une fête, comme elle lui fait peur à présent ! Comme elle redoute de devoir affronter Xavier Fauré de Lavèze ! Affronter ! Comment aurait-elle jamais imaginé que le mot affronter pourrait un jour lui venir à l'esprit à propos d'un dîner chez les Fauré de Lavèze ?

La DS 19 du professeur Dumesnil était trop silencieuse pour passer inaperçue. Silencieusement, semblable à une bête bien dressée, elle se dressait lentement sur ses roues comme sur des pattes avant de s'élancer. Silencieusement, elle s'abaissait, se couchait, au bout de sa course. Son museau aplati semblait fendu d'un mince sourire juste au-dessus du pare-chocs. Impossible de ne pas la comparer à une créature vivante. C'est ce que fit Mlle de Cantelou en s'enfonçant dans ses entrailles moelleuses où, malgré les larges vitres sans montants et l'immense pare-brise bombé, la perception du monde extérieur était comme filtrée, frappée d'irréalité par un luxe protecteur. C'est ce que fit Peiresc, qui s'était écrasé contre le mur avec des démonstrations excessives et comiques de crainte et de respect, au moment où un souple bond de la bête souriante la propulsait dans la cour de la rue Perchepinte. Tout en ouvrant la portière de Mlle de Cantelou, il dit au professeur Dumesnil que sa voiture ressemblait à une grenouille, dont elle avait la physionomie et la souple détente.

Cette désinvolture aimable, proche de l'insolence, mais qui se gardait bien d'y tomber et qui agissait au contraire comme une insoupçonnable flatterie, ressemblait au personnage tel qu'on l'avait dépeint à Mlle de Cantelou. Pour elle, elle le connaissait à peine et elle s'étonna qu'il eût été prié à ce dîner où elle ne comptait retrouver que des intimes.

Mais qui appelons-nous nos intimes ? se demande-t-elle en entrant dans le salon des Fauré de Lavèze et en y trouvant les Mairet-Doncel. Des personnes dont la présence nous est familière, que nous avons toujours connues, dont nos parents connaissaient les parents. Telle est la province, diraient certains. Mais toute vie est provinciale. Les Mairet-Doncel sont-ils pour elle des intimes ? Ils sont plus jeunes qu'elle, plus jeunes même que Xavier et Élisabeth Fauré de Lavèze. Lui est d'une jovialité lassante. Sur elle, des bruits courent, injuste rançon peut-être de sa prétention à une sensibilité d'artiste. Elle peint à l'aquarelle. Elle est soupçonnée de bontés pour son encadreur. Mlle de Cantelou se demande s'il lui est arrivé une seule fois d'avoir avec un des époux Mairet-Doncel une véritable conversation. Elle ne se souvient pas de les avoir jamais entendus parler d'autre chose que de leur propriété du Volvestre. Ce sujet inépuisable permet à Monsieur de faire valoir ses compétences d'ingénieur agronome et à Madame d'épancher son cœur débordant d'émois rustiques et palpitant au rythme des saisons.

Mairet-Doncel court à sa rencontre, devançant Xavier Fauré de Lavèze, vers lequel il se retourne, tandis qu'il traverse la pièce, pour cligner de l'œil, dans la crainte que son hôte n'ait pas apprécié à sa juste valeur une longue anecdote tendant à démontrer que, si son fermier est un roué, il l'est, lui, Mairet-Doncel, plus encore.

– Alors, cette cheville ?

Il dit avoir été rassuré de ne pas entendre sur les tomettes de l'entrée le claquement d'une jambe de bois.

– Avec les médecins, sait-on jamais ?

Nouveau clin d'œil, tandis qu'il serre la main du professeur Dumesnil. Son épouse plaint Mlle de Cantelou d'avoir été confinée en ville tout l'été, privée des forces régénératrices de la nature et de ses beautés. Après cela, l'accueil laconique et affectueux que les Fauré de Lavèze réservent à leur chère Émérencienne est si réconfortant que celle-ci juge soudain absurdes ses soupçons de la veille et se demande comment elle a pu un instant redouter de se trouver en leur compagnie.

Bien entendu, ils ont eu la délicatesse de convier Madeleine Piron-Blanchard, qui est rentrée chez elle il y a deux jours, sa présence rue Philippe-Féral n'étant plus nécessaire. Elle est heureuse d'entendre à nouveau sa voix aiguë et précise. Comme cette amie de date récente est plus pour elle une intime que ces indifférents qu'elle connaît depuis toujours !

Son arrivée dévie cependant le cours de ses pensées en lui fournissant un début d'explication à la présence de Peiresc. Quand on invite deux vieilles filles, il faut trouver deux messieurs seuls. L'un est le professeur Dumesnil. Son épouse, perpétuellement souffrante et vaguement dépressive, ne sort jamais de chez elle. L'autre est Raymond Peiresc. Mais pourquoi lui ? D'ailleurs, il en faudrait un troisième, puisque Anne Fauré de Lavèze est du dîner. On a dû penser que la jeune fille de la maison n'avait pas besoin de cavalier. Pas besoin de cavalier ! Elle en a un ! Mlle de Cantelou sourit de sa propre naïveté. Pourquoi Peiresc ? Pour Anne, bien sûr ! Il suffit de les voir ensemble, dans un coin du salon.

Visiblement, Madeleine n'est nullement mortifiée d'être négligée par ce garçon, qui pourrait être son fils et pour lequel elle n'éprouve aucune sympathie particulière. Débordant d'une admiration innocente, elle est trop heureuse de causer avec Maître Fauré de Lavèze et, nouvelle invitée dans la maison, de s'asseoir à sa droite quand on passe à table. D'ailleurs, le troisième homme est arrivé, en la personne de l'abbé Vinassan, professeur de théologie morale à l'Institut catholique, proche collaborateur de son recteur, Mgr de Solages, et vieil ami de Mlle de Cantelou, à qui il a rendu de fréquentes visites pendant les semaines où elle était clouée dans son fauteuil.

Le professeur Dumesnil est au centre de la conversation. On le plaisante sur ses ambitions politiques.

– Des ambitions, moi ! Je ne me suis même pas présenté aux législatives de janvier dernier !

– Le bon apôtre ! s'écrie Mairet-Doncel. Il attend son heure. À peine député, vous serez ministre : un parti charnière comme celui de X. est de tous les gouvernements.

– X. est plus qu'un politique habile. C'est un homme d'État, dit gravement le professeur. Mais enfin, vous m'accorderez que les prochaines élections ne sont pas pour demain.

– Là-dessus, je ne vous accorde rien du tout, répond Maître Fauré de Lavèze. Ce régime est à bout de souffle. Personne ne sait ce qui peut arriver. Nous pouvons avoir des élections anticipées avant peu, peut-être une réforme constitutionnelle. Pour ma part, je le souhaite. Le régime des partis réduit le pays à l'impuissance.

Toute la table est unanime à accabler le gouvernement, à l'exception du professeur Dumesnil, qui n'oublie pas que X. en fait partie. L'extension de la rébellion en Algérie inquiète. L'Algérie ! Qui aurait pensé ? L'Algérie, ce n'est pas l'Indochine. L'Algérie, ce n'est pas un protectorat, comme l'étaient la Tunisie et le Maroc. L'Algérie, c'est la France. Ce sont des départements français.

Le professeur Dumesnil assure que le président du Conseil est bien résolu à ne pas brader l'Algérie. Certes, Guy Mollet est socialiste, mais, depuis Jules Ferry, la gauche française n'est-elle pas tout particulièrement attachée à notre empire colonial ? S'il en était besoin, les modérés de sa majorité, comme le parti de X. ou l'U.D.S.R., sauraient le rappeler à son devoir : qu'ils l'abandonnent, et le ministère tombe. Et puis, son voyage à Alger, au mois de mars dernier, lui a ouvert les yeux, et…

– Je crois plutôt qu'il les a fermés quand les pieds-noirs lui ont lancé des tomates, interrompt Maître Fauré de Lavèze avec une brusquerie inhabituelle, et qu'il ne les a pas rouverts depuis. Il n'a ni échine ni conscience. J'aimais encore mieux Mendès France.

Encore mieux Mendès France ! Pourquoi pas « encore mieux le diable » ? Les dames gloussent de consternation amusée. Les Mairet-Doncel, qui ont voté poujadiste aux dernières législatives, sont les plus indignés.

– Voyons, Xavier, dit doucement Mme Fauré de Lavèze.

La conversation dévie immédiatement sur les crimes que Pierre Mendès France a eu le temps de commettre pendant son bref passage à la présidence du Conseil. On mentionne en haussant les épaules la distribution de lait dans les écoles (« Les enfants rentrent écœurés : ce lait froid leur pèse sur l'estomac »). On s'indigne des atteintes aux privilèges des bouilleurs de cru. M. Mairet-Doncel est le plus violent. Certes, le Volvestre n'est pas une région de vignoble, mais il s'attendrit sur son eau-de-vie de prune. Bien que La Vacquerie produise un excellent armagnac, Maître Fauré de Lavèze s'entête :

– Oui, j'aimais encore mieux Mendès France. Il y a autre chose au monde que les bouilleurs de cru ! Ce Mollet, vous ne voyez pas où il nous mène, vous ne voyez pas ce qu'il exige de notre armée ? Vous ne lisez pas le bloc-notes de Mauriac ?

Oh ! Mauriac ! Il y aurait aussi beaucoup à en dire, de celui-là ! Et puis, qui lit encore son bloc-notes ? On le lisait dans *Le Figaro*. Mais depuis qu'il est passé à *L'Express*… D'ailleurs, quand bien même on voudrait lire *L'Express* qu'on ne le pourrait pas :

cette feuille est tellement subversive qu'elle est censurée ou saisie une semaine sur deux.

Mlle de Cantelou, grande lectrice des romans de Mauriac, hésite à prendre la parole et y renonce. Ce n'est pas de ses romans qu'il est question. D'ailleurs, qui, autour de cette table, les a lus ? L'abbé Vinassan, avec lequel elle en a souvent parlé. Madeleine, probablement. Peiresc aussi, mais qui sait ce qu'il serait capable d'en dire ? Non, introduire les romans dans la conversation paraîtrait incongru. C'est pourtant bien le même Mauriac. Elle en est certaine : la clé de son bloc-notes est dans ses romans. Ceux qui s'étonnent du tour qu'a pris le bloc-notes n'ont pas lu ou n'ont pas compris les romans.

Elle laisse glisser la conversation. Son attention ne peut se détacher des derniers propos de Xavier Fauré de Lavèze. Ce qu'il exige de l'armée… Le bloc-notes de Mauriac… Elle sait bien ce qu'écrit Mauriac dans son bloc-notes. En Algérie, l'armée française torturerait les fellaghas, les suspects, pour assurer le maintien de l'ordre, pour prévenir les attentats. Elle y perdrait son âme. Autour d'elle, elle le sait bien aussi, Mauriac est presque considéré comme un traître. On voit dans sa dénonciation de la torture une subversion, une atteinte au moral de l'armée et de la nation, un mauvais coup porté à la France. Xavier semble penser différemment. Est-il concevable qu'il soit à ce point révulsé par la torture, si, moins de quinze ans plus tôt, il a été complice… ?

Sa remarque acerbe sur le régime des partis avait des accents R.P.F. Serait-il gaulliste ? Depuis quand ?

Elle est assise à sa gauche et à la droite du professeur Dumesnil. Le professeur Dumesnil ! L'ami et l'obligé de X. ! Le professeur Dumesnil, qui, malgré ses dénégations, a des ambitions politiques et compte sur l'appui de X. ! Le nom de Boulou sur la feuille de papier trouvée dans le portefeuille l'a sur le moment si fort troublée qu'il a monopolisé son attention. Mais les relations entre Xavier Fauré de Lavèze et X. sont hypothétiques, et, à vrai dire, peu probables. Au contraire, les relations entre Gaston Dumesnil et X. sont avérées et revendiquées par le professeur lui-même. N'est-ce pas lui qu'on peut soupçonner de vouloir récupérer le portefeuille pour protéger son grand homme ? Il passait sans cesse la voir, ces derniers temps, pour soigner son entorse. Il circulait dans son appartement comme chez lui. Qui sait ce qu'il a pu voir, entendre, surprendre ?

Mais justement : il circulait chez elle comme chez lui. Quel besoin aurait-il eu de s'introduire chez les Rébeyrol ? Et puis, le portefeuille est toujours là. S'il l'avait cherché, il l'aurait trouvé.

Elle sort de ses pensées pour s'apercevoir que la conversation a quitté l'Algérie pour l'Égypte. On s'émeut du danger que fait courir au monde libre le nationalisme belliqueux de son dictateur communiste, le colonel Nasser. On se réjouit que la scandaleuse nationalisation du canal de Suez, au début de l'été, ait enfin entraîné une réaction ferme de la Grande-Bretagne et de la France. Dans *Paris Match*, des photos montrent les parachutistes français du général Gilles, un héros de l'Indochine, sur une base britannique à Chypre, prêts à l'action, impatients d'en découdre. Mais ce Nasser est capable du pire. Il l'a déjà montré. On craint pour l'approvisionnement de la France en pétrole. On parle d'un rationnement de l'essence, comme pendant la guerre. Les Mairet-Doncel sont terrifiés à l'idée de ne plus pouvoir se rendre aussi souvent qu'il le faudrait dans leur propriété du Volvestre, à plus de soixante kilomètres de la ville. Dieu merci, leur nouvelle Aronde consomme très peu.

Au bout de la table, Anne Fauré de Lavèze et Raymond Peiresc sont engagés dans une conversation particulière qui ne semble pas porter sur les questions politiques du jour. Pourtant, Anne prononce à nouveau le nom de François Mauriac. Mlle de Cantelou l'a nettement entendu, et l'abbé Vinassan aussi, qui se détourne un instant de Mme Fauré de Lavèze, à la droite de laquelle il est assis, pour s'adresser à elle. Mais cette fois, c'est des romans de Mauriac qu'il est question. Peiresc a entraîné Anne sur le terrain vers lequel Mlle de Cantelou n'a pas osé diriger la conversation générale. La jeune fille avoue un faible pour *Le Mystère Frontenac*. Peiresc se moque d'elle. Bien entendu, sa préférence va au seul roman qui donne de la bourgeoisie provinciale une image favorable, souriante, apaisée, sympathique. Elle détourne les yeux du noir miroir que lui tendent *Le Nœud de vipères*, *La Pharisienne*, *Genitrix*, *Thérèse Desqueyroux*, et tous les autres – en fait, l'œuvre entière du romancier, à l'exception de cet unique roman à l'eau de rose.

Roman à l'eau de rose ! Anne proteste et boude.

– Les romans de François Mauriac sont-ils au programme de la licence ? s'enquiert l'abbé Vinassan.

Anne et Peiresc se réconcilient dans un rire commun. Comme l'explique Peiresc, l'Université s'interdit de faire entrer dans ses programmes des écrivains vivants. C'est une vieille dame fragile. L'absence de poussière la ferait tousser.

Mais l'innocente question de l'abbé Vinassan, qui, aumônier de la pension Bertrand, connaît Anne depuis qu'elle est enfant et a pour elle une affection paternelle, a pour effet que toute la table s'intéresse soudain aux études de la jeune fille. Elle doit passer dans quelques jours, à la session d'octobre, deux certificats de la licence ès lettres, après un beau succès en juin à ses examens de droit. C'est une tradition, dans la famille, de faire, pour meubler l'esprit, des études de lettres à côté des vraies études, celles de droit. Anne est brillante et réussit sans peine. Mais Mme Fauré de Lavèze trouve sa plus jeune fille trop sérieuse. N'est-elle pas rentrée à Toulouse plus tôt que le reste de la famille (et sur sa Vespa ! Sa mère ne vit pas quand elle la sait sur cet engin !) pour travailler en bibliothèque, alors qu'il faisait encore si chaud et que La Vacquerie est si agréable en été, avec ses murs épais et l'ombre de ses grands cèdres ?

Mlle de Cantelou l'approuve. Son entorse lui a appris combien on étouffe à Toulouse au cœur de l'été. Et elle a tant regretté de ne pouvoir voisiner, comme les autres années, avec Xavier et Élisabeth ! Sa 2 CV, dont elle doit la livraison rapide au professeur Dumesnil, l'aurait fréquemment conduite, à travers la douce campagne gersoise, jusqu'à la terrasse de La Vacquerie.

– Enfin, mon cher, conclut-elle à l'adresse du professeur Dumesnil, vous veillez de toutes les façons à ma locomotion : je vous dois deux chevaux et une jambe.

Un peu piquée par l'éloge de La Vacquerie et des charmes du Gers, Mme Mairet-Doncel vante les collines du Volvestre, rafraîchies par l'air montagnard venu du Comminges tout proche. Elle peint le plaisir qu'elle prend à la vie des champs et ne laisse pas ignorer qu'elle ne dédaigne pas même les soins de la basse-cour. Mal lui en prend. Le professeur Dumesnil déclare qu'à propos de basse-cour, il a rarement dégusté foie gras aussi délicat que celui qui vient d'être servi. Bien sûr, c'est le foie d'une oie de La Vacquerie. Mais tout est dans la préparation, qui, si simple soit-elle, exige la plus grande subtilité. Mme Fauré de Lavèze ne laisse à personne le soin de préparer son foie gras. Seule sa main sait en doser le léger assaisonnement. Le cœur battant, elle surveille le bouillonnement de l'eau au-dessus des bocaux, craignant de voir apparaître les filaments qui révéleraient que l'un d'eux n'est pas hermétique. C'est un don de famille : sa mère, Mme de Vayre, était réputée faire le meilleur foie gras de Toulouse. Mlle de Cantelou s'en souvient parfaitement.

Bien qu'il soit audois et non pas gascon, comme son puissant accent des Corbières le révèle immédiatement, et bien qu'il soit confiné rue de la Fonderie, au cœur de Toulouse, l'abbé Vinassan n'est pas un novice en matière de foie gras. Il avoue acheter un foie chaque année au marché au gras de la place du Salin. Il l'achète après Noël, quand les prix ont un peu baissé, en le choisissant soigneusement, ni trop petit ni trop gros, ferme et rosé, et il le prépare lui-même. Il le prépare à la perfection, s'écrient en chœur Mlle de Cantelou et Anne, qui en ont déjà l'une et l'autre été régalées. Mme Fauré de Lavèze est consternée : elle aurait dû penser depuis longtemps à fournir chaque année l'abbé Vinassan en foie gras de La Vacquerie. C'est ce qu'elle fera à l'avenir. Mais l'abbé proteste : elle le priverait de son plaisir.

Désormais lancée sur le terrain sûr du foie gras, la conversation se poursuit sans heurts jusqu'à la fin du dîner.

V

Journal d'Émilien Rébeyrol
Jeudi, 25 octobre 1956

Mon voyage à Paris remonte à une semaine déjà. Mais il a été si décevant et si irritant que je n'ai pas eu le cœur d'en confier le récit à ce journal dès mon retour. Les événements qui se sont succédé depuis ne m'en ont du reste guère laissé le loisir. Eux non plus n'ont pas été de ceux dont on souhaite garder à toute force la mémoire. Mais enfin, rien ne m'est plus cher que l'honnêteté et la lucidité vis-à-vis de moi-même. Il faut avoir le courage de sonder les plaies les plus douloureuses : telle est ma conviction. C'est pourquoi je profite de ce jour de congé et de ce moment de calme (Marie-Thérèse a conduit Michel et Chantal à un goûter d'enfants) pour jeter, aussi calmement que je le pourrai, un regard rétrospectif, quelque douloureux qu'il puisse être, sur la semaine écoulée.

J'avais prévu de profiter du bref congé de la Toussaint pour me rendre à Paris et m'entretenir de mon projet de thèse avec les maîtres de la Sorbonne. Je ne doutais pas que, d'esprit moins étroit que leurs collègues de province, ils seraient unanimes à me féliciter d'avoir mis seul en chantier un travail aussi original. Il me suffirait de choisir parmi eux celui qui me paraîtrait le plus apte à le diriger. Mais rien ne s'est déroulé selon mes prévisions.

D'abord, la période de la Toussaint ne convenait à aucun de ces messieurs. À moi non plus, elle ne convenait guère, et pourtant j'étais prêt à m'en accommoder. Le 1er novembre tombe cette année un jeudi, jour de toute façon libre de cours et où j'aurais pu faire mes affaires à Paris s'il n'avait pas été férié. Je ne pouvais l'occuper qu'à voyager, réservant mes rendez-vous pour le lendemain, vendredi 2 novembre. Mais apparemment, les professeurs parisiens célèbrent le Jour des morts avec un scrupule extrême et se rendent tous sur des tombes situées dans les régions les plus reculées. On me répondit de tout côté, parfois avec une pointe d'agacement, qu'il n'était pas question de me recevoir ce jour-là. Faisant de nécessité vertu, je feignis de me rendre aux raisons de Marie-Thérèse, qui me reprochait doucement, mais inlassablement, de m'absenter au moment même où j'aurais pu me consacrer pendant quelques jours aux enfants. Heureusement, j'avais pris très tôt mes contacts. J'ai pu avancer mon voyage de quinze jours, m'estimant fortuné de pouvoir obtenir presque tous les rendez-vous que je souhaitais le jeudi 18 octobre. Mais cela me contraignait à passer deux nuits de suite dans le train, puisque je ne pouvais partir que le mercredi, après les cours de l'après-midi, et devais être de retour pour ceux du vendredi matin. Que m'importait ? Le triomphe est au prix des fatigues.

Le triomphe ! La verrière souillée de la gare d'Austerlitz à 7 heures du matin n'avait rien d'une arche triomphale. Le jour était sombre. Il pleuvait. La foule que dégorgeaient les trains de banlieue était pressée, maussade et malodorante. Les pavés du boulevard de l'Hôpital avaient des reflets de graisse sale. On eût dit que du ciel parisien tombait de l'eau de vaisselle.

J'avais prévu de faire la dépense d'une chambre d'hôtel pour me raser, faire un minimum de toilette, changer de chemise, bref ne pas me présenter devant les gloires de l'Université sous l'aspect misérable et fripé du monsieur qui a passé une nuit en chemin de fer. J'entrai, en face de la gare, dans l'établissement qui me parut le moins coûteux. Le bar, lourdement enfumé derrière ses vitres embuées, sentait le café, le chien mouillé, la bière et l'urine. Les pieds dans la sciure humide et les coudes sur le zinc, je commandai un crème et un croissant. Autour de moi, chacun buvait silencieusement son café arrosé de calva ou son blanc sec, en tirant sur sa Gauloise ou sa Gitane maïs.

Je demandai au patron s'il avait une chambre, en précisant sottement que je l'occuperais moins d'une heure. L'homme affecta de scruter le vide à côté de moi et cligna de l'œil :

– Seul ?

Autour du bar, on se poussait du coude et on riait déjà.

Je répondis sèchement que j'étais seul, en effet, comme il pouvait le constater. Il prit alors la voix de Raimu pour s'écrier :

– Tu me fends le cœur !

La salle s'esclaffa.

C'était donc cela ! Le loufiat avait repéré dans ma voix une pointe d'accent méridional. Marseille ou Toulouse, Provence, Languedoc ou Gascogne, pour lui, c'était tout un : dans le Midi, on a un accent qui fait rire. Je ne lui dis pas ce que je pensais de son hideux grasseyement parisien, traînant et populacier. Je me contentai de demander à nouveau une chambre, et une chambre j'obtins, en tout point conforme à mes vœux en ce sens qu'elle ne donnait nullement l'envie de s'y attarder.

À 9 heures 30, le professeur Pierre Le Gentil m'attendait chez lui, boulevard du Montparnasse. Pierre Le Gentil est le président de la nouvelle société internationale Rencesvals (c'est-à-dire Roncevaux), vouée à l'étude des chansons de geste, et un spécialiste éminent de la *Chanson de Roland*. J'avais donc toute raison de souhaiter le rencontrer. Sa réponse à ma demande de rendez-vous semblait au demeurant confirmer sa réputation d'homme courtois et affable.

Courtois et affable, il l'était en effet. Un peu gris, peut-être, comme ses cheveux, sa courte moustache, son veston de tweed, le gilet de laine qu'il portait frileusement par-dessous, le marbre de la cheminée, les moulures du plafond, qui auraient supporté d'être repeintes. Les traits réguliers de son visage étaient impassibles, lui-même restait parfaitement immobile et ses yeux d'un bleu pâle ne se détachaient pas de moi, tandis qu'assis derrière son bureau, il m'écoutait lui exposer ma théorie avec toute la force de conviction et tout l'enthousiasme dont je suis capable. Lorsque j'eus fini, il prit la parole d'une voix douce, un peu voilée, qui ne s'abaissait pas à la fin des phrases, comme s'il avait été perpétuellement hésitant, incapable de conclure, trop scrupuleux pour risquer un propos définitif sans lui apporter immédiatement une correction, une restriction, un contre-argument.

Il commença par me complimenter de mon intérêt pour la littérature du Moyen Âge en général et pour la *Chanson de Roland* en particulier. Il souligna que ce poème recelait, dans l'ordre de l'histoire et de l'histoire littéraire, des énigmes sans doute insolubles. Il loua mon admiration pour Joseph Bédier, en ajoutant toutefois que des découvertes récentes paraissaient infirmer sa magnifique théorie, bien que ces découvertes elles-mêmes, il fallait l'avouer, fussent d'interprétation incertaine. Il me représenta que les passions autour de la *Chanson de Roland* étaient si vives qu'un jeune chercheur comme moi, soutenant une thèse aussi audacieuse que la mienne, s'exposait à recevoir des coups dont il ne se relèverait pas. Lui-même était attaqué de tout côté pour la seule raison qu'il défendait une position modérée, intermédiaire entre celle des partisans de Bédier, au premier rang desquels son redoutable collègue Maurice Delbouille, de l'université de Liège, et celle de l'illustre Don Ramon Menéndez Pidal, qui, bien que nonagénaire, était encore extrêmement combatif. Il me conseillait de mettre mes idées sous le boisseau jusqu'au jour où ma carrière serait plus avancée et où peut-être aussi, l'âge venant, je jetterais sur elles un regard plus critique. En attendant, que dirais-je de consacrer ma thèse à une étude d'ensemble sur le héros épique dans les chansons de geste françaises ?

Je le remerciai poliment, en essayant de dissimuler mon impatience. Une thèse sur le héros épique, vraiment ! Alors que je suis l'auteur d'une découverte qui met au jour les racines de notre civilisation, on m'invitait à m'atteler comme un tâcheron à un sujet aussi conventionnel ! Le professeur Le Gentil sentit certainement que je n'accueillais pas sa proposition avec beaucoup d'enthousiasme. Mais, imperturbablement courtois, il me reconduisit à sa porte avec des paroles d'encouragement et l'invitation à le consulter aussi souvent que je le souhaiterais.

J'avais hâte à présent de gagner la Sorbonne, où le professeur Jean Frappier m'avait fixé rendez-vous à 11 heures 30. Je n'avais plus aucun doute : c'était Frappier qu'il me fallait. À la fois spécialiste des romans du Graal et auteur, l'an dernier, d'un ouvrage en deux volumes consacré aux chansons de geste du cycle de Guillaume d'Orange, il réunissait toutes les compétences nécessaires pour apprécier à sa juste valeur la découverte inouïe d'une rencontre entre le monde épique et le monde arthurien, entre le Graal et le cor de Roland. C'était en outre, avais-je entendu dire, le seul de ces grands maîtres à ne pas être normalien. J'avais l'impression que cela devait le rendre plus accueillant, plus compréhensif. J'étais au bord de l'attendrissement à la pensée que peut-être, comme moi, il n'avait pas obtenu l'agrégation dès son premier essai.

Je courais presque en traversant le jardin du Luxembourg, ce qui rendait vains mes efforts pour éviter les flaques et ne pas salir le bas de mon pantalon. J'avais renoncé à garder à mes souliers un aspect présentable. Les feuilles mortes les enveloppaient et y adhéraient comme le papier huilé du boucher autour d'un bifteck. Il pleuvait obstinément. Au fond de la cour de la Sorbonne, je gravis rapidement l'escalier C jusqu'au deuxième étage. En entrant dans la bibliothèque de l'Institut de français, j'étais si essoufflé que je ne pouvais articuler une parole. Un appariteur revêche ne m'intima pas moins, d'un geste impérieux, l'ordre de me taire.

Le professeur Frappier parut, me salua brièvement et me fit entrer dans un modeste bureau qui donnait sur la chapelle de la Sorbonne. Je m'extasiai sur la vue, ne trouvant rien d'autre à admirer dans ce cagibi, mais il ne répondit que par un grognement et un geste d'impatience. C'était un petit homme vif, entièrement chauve, soigneusement vêtu d'un costume trois pièces bleu marine. J'entrepris de lui exposer mes idées avec plus d'éloquence encore que je n'en avais déployé devant son collègue Le Gentil, ma première expérience m'ayant permis de peaufiner mon exposé. Éloquence inutile. Il ne me laissa pas terminer. Mon hypothèse était absurde, mon impudence inconcevable. Comment osais-je déranger un professeur de la Sorbonne pour lui débiter ces fariboles ? Il s'était levé. Il trépignait. Je me levai aussi. Il me mit à la porte.

Je m'étais réjoui, en préparant ce voyage, à la perspective de consacrer l'heure de midi à une flânerie au Quartier latin. J'aurais fait le tour des librairies, j'aurais déjeuné simplement, mais confortablement, dans une brasserie, l'esprit agréablement occupé par le souvenir de l'accueil flatteur que m'auraient réservé les professeurs rencontrés dans la matinée. Le contraste entre ce rêve et la réalité était presque comique. La pluie tombant sans interruption d'un ciel bas, les trottoirs boueux sur lesquels giclait l'eau soulevée par les voitures, la foule grisâtre qui s'y bousculait et dont parfois un groupe se détachait pour aller s'entasser, en se protégeant tant bien que mal des rafales, sur la plate-forme brinquebalant ridiculement au derrière d'un autobus : rien de tout cela n'invitait à la promenade. Et à quoi bon m'enquérir des dernières parutions, à quoi bon acheter des livres, si mes recherches n'éveillaient que le scepticisme ou le mépris, si aucun professeur ne voulait diriger ma thèse, si je devais renoncer à l'espoir de devenir moi-même professeur de faculté ? J'entrai pourtant, par acquit de conscience, dans toutes les librairies de la place de la Sorbonne, mais le cœur n'y était pas. J'allai chez Vrin, j'allai chez Nizet, j'allai à la librairie des Presses Universitaires de France et même à la Librairie catholique qui lui fait face de l'autre côté de la place, à l'angle du boulevard Saint-Michel. J'allai chez Didier et chez Gibert.

Où déjeuner ? Dans un dernier effort pour être crâne et pour ne pas m'abandonner au renoncement, j'entrai au Balzar, rue des Écoles, établissement dont on sait, même à Toulouse, qu'il est comme une annexe de la Sorbonne et que toute l'Université s'y retrouve. En la circonstance, le choix était malheureux. Je me sentais exclu. Il me semblait que le garçon me traitait avec hauteur. Je regardai autour de moi. Tous ceux qui étaient là paraissaient à leur place. Moi seul, j'étais un imposteur. À tout moment, je m'attendais à voir le maître d'hôtel s'approcher pour me demander si, à tout le moins, mon sujet de thèse était déposé. Comment ! Le professeur Frappier n'avait même pas voulu écouter jusqu'au bout l'exposé de mon projet ! Comment ! Le professeur Le Gentil, si indulgent, s'était dérobé et me suggérait de changer de sujet ! Et j'avais le front d'occuper une table au Balzar !

J'avais commandé une choucroute, parce que c'était un des plats les moins coûteux et parce que je me sentais obligé de manger une choucroute dans une brasserie. Mais je n'étais pas certain d'aimer la choucroute. Le riesling me plaisait, mais j'en bus un peu trop. Le garçon m'imposa la consommation d'un baba au rhum, dont j'aurais pu me passer. J'attendis longtemps l'addition. Son montant était au-delà de mes craintes.

À 3 heures, je traversai la rue Saint-Jacques pour me rendre au Collège de France. Le professeur Félix Lecoy, qui y occupe la chaire de Langue et littérature française du Moyen Âge, ne dirigerait pas ma thèse, mais j'étais, je l'avoue, flatté qu'il eût immédiatement accepté de me recevoir de façon, pour ainsi dire, désintéressée.

Si les galeries de la Sorbonne m'avaient étourdi par l'animation qui y régnait, les couloirs du Collège de France m'impressionnaient, tant ils étaient déserts et silencieux. Que dissimulaient ces portes fermées, sur lesquelles je lisais parfois au passage un nom illustre ? Le bouillonnement de la pensée ? La sérénité du sommeil ? Le vide, peut-être : les lieux ne paraissaient pas très fréquentés.

Dans son grand bureau nu, où le seul siège qui s'offrait au visiteur était un fauteuil de cuir écorché,

Félix Lecoy me reçut de la façon la plus déconcertante. Sa cordialité chaleureuse m'aurait réconforté, après mes épreuves du matin, si son scepticisme caustique n'avait pas fini par me mettre mal à l'aise. Ce scepticisme visait mes idées, je ne pouvais me le cacher, mais il était aussi extrêmement général, ce qui était à la fois consolant et décourageant. Il m'écouta avec un demi-sourire, m'interrompant parfois pour me poser une question simple, apparemment candide, à laquelle je ne savais jamais répondre et qui ruinait mon argumentation. Je retirais alors ce que je venais de dire, et il m'interrompait à nouveau : « Mais non, au fond, vous n'avez pas aussi tort que vous croyez... » Il semblait trouver tous mes propos stupides, mais de si peu d'importance qu'il ne valait pas la peine de s'en fâcher. Il me parlait comme à un égal, me prenait à témoin de la décadence de nos études, racontait des anecdotes, me demandait mon avis sur un passage obscur du *Roman de la Rose* et, quand je le lui avais donné après avoir réfléchi quelques minutes d'un air d'importance, me montrait d'un mot qu'il ne tenait pas debout. Le tout, le plus amicalement du monde et en m'appelant « mon vieux ». Il me conseilla d'acquérir une formation philologique plus solide avant de me lancer dans des élucubrations. Pour finir, il me laissa entendre que tout ce dont nous parlions n'avait qu'une importance relative et que, quand on avait la chance d'habiter une ville comme Toulouse, il fallait être fou pour se casser la tête en se posant des questions sur le cor de Roland. J'osai lui avouer que j'avais écrit à son prédécesseur, le professeur Mario Roques, qui ne m'avait pas répondu. Il me répondit que Mario Roques était âgé et fatigué, ce qui pouvait expliquer son silence, mais que j'avais au demeurant tout lieu de m'en féliciter, car, si je m'étais présenté devant lui avec des idées comme les miennes, on n'osait imaginer la façon dont il m'aurait reçu.

Sur quoi il me congédia avec bonhomie. Dans la cour du Collège de France, un vieux monsieur soigné et renfrogné descendait d'une Traction avant, dont un chauffeur tenait la portière ouverte. Chuchotant avec componction, l'appariteur m'apprit que c'était M. Edmond Faral lui-même, ancien professeur de littérature latine du Moyen Âge et ancien administrateur du Collège de France. J'avais hésité à lui écrire. En voyant le pli mauvais de sa lèvre amère, je me réjouis de m'en être abstenu. La journée avait été suffisamment éprouvante.

La pluie, le métro, la pluie, la gare d'Austerlitz, son buffet sinistre, la pluie, le train. Pour ce voyage dont j'attendais tant, je n'avais pas lésiné. Foin des nuits d'insomnie passées dans un wagon de troisième classe, dont on descend moulu, éreinté ! Je m'étais offert la deuxième classe, et même une couchette. Crève l'avarice ! Malgré ce luxe, je ne parvenais pas à m'endormir. Tant de déceptions, tant d'humiliations en une seule journée ! Puis, je repensais à Félix Lecoy, qui m'avait prêché le détachement. Il lui était facile d'être détaché, à l'abri du Collège de France, du haut de son Olympe !

Pourtant, n'avait-il pas raison ? Ne devrais-je pas me contenter de la situation, après tout enviable, qui est la mienne à Toulouse ? M'en contenter ? Ne pouvais-je, après tout, espérer me faire à Toulouse une position largement aussi brillante que celle à laquelle je pourrais prétendre en passant sous les fourches caudines des cuistres parisiens ? N'étais-je pas déjà une personnalité intellectuelle qui comptait dans la Ville rose ? L'Académie des Jeux Floraux ne m'ouvrirait-elle pas un jour ses portes ?

C'est une éventualité, je l'avoue, à laquelle je pense souvent. Plusieurs mainteneurs, j'en suis certain, envisageraient avec faveur ma candidature. Les universitaires, comme Louis Ferrand et le doyen Lavaud, qui me connaissent depuis que je suis étudiant, me seraient certainement acquis. Certes, leurs voix ne suffisent pas. L'Académie ne veut pas se transformer en société de grimauds. Elle cherche des membres qui aient en ville un certain poids social. On peut désapprouver ces préjugés. En ce qui me concerne, mes convictions démocratiques en sont froissées. Mais enfin, qui ne peut comprendre qu'une Académie fondée en 1323, que la plus vieille Académie d'Europe soit attachée à certaines traditions ? Quoi qu'il en soit, il est indispensable, pour être élu, d'avoir des appuis du côté des mainteneurs qui appartiennent à la société toulousaine. Or, de ce côté aussi, je commence à n'être pas entièrement démuni. Le professeur Dumesnil me traite avec la plus grande bienveillance. Et je ne désespère pas que Mlle de Cantelou me présente un jour à son vieil ami, Maître Fauré de Lavèze.

Bercé par ces espoirs, qui ne m'effleuraient pas pour la première fois et qui me sont même, je l'avoue, familiers, je m'abandonnais au confort relatif de ma couchette et je commençais à oublier l'horrible capitale et ses habitants, dont chaque tour de roue m'éloignait, quand la pensée de Mlle de Cantelou appela à mon esprit le souvenir des événements de ces dernières semaines. Et mon cambrioleur ? J'oubliais mon cambrioleur ! Ce cambrioleur est la preuve que mes idées et mes travaux présentent aux yeux de certains un intérêt, voire un danger considérables. Ils peuvent bien me regarder de haut, depuis leur Sorbonne ou leur Collège de France ! Qui a jamais pris la peine de s'introduire chez eux pour fouiller leurs misérables dossiers ?

Je me retournai sur ma couchette, rattrapant au passage la couverture qui glissait et allait tomber sur mon voisin de dessous. Oui, je brillerais à Toulouse et j'entrerais à l'Académie des Jeux Floraux. Mais cela ne m'empêcherait pas de poursuivre solitairement. et secrètement mes recherches, pour un jour étonner le monde.

Pourtant, mes déconvenues parisiennes étaient trop proches encore pour ne pas m'agiter par moments d'amertume et de ressentiment. Le train avait depuis longtemps dépassé Les Aubrais lorsque je me suis endormi.

Le convoi freina brutalement, dans une longue et stridente plainte métallique, puis s'immobilisa avec une sorte de choc en retour qui nous renvoya dans la direction opposée à celle dans laquelle nous avions été d'abord projetés. Nous attendîmes longtemps. Aucune lumière au-dehors, aucun bruit. Pas de haut-parleur grésillant, pas de bruits de portières, pas de va-et-vient dans le couloir. Nous étions apparemment en rase campagne. Au bout d'un temps interminable, le train se remit lentement en marche, pour s'arrêter à nouveau quelques minutes plus tard. Cette fois, une lumière filtrait par les interstices du store baissé devant la fenêtre. L'arrêt se prolongeait, plus long encore que le premier, et toujours dans le silence. Le voyageur qui occupait la couchette inférieure finit par soulever le store, découvrant la faible lumière d'un lampadaire, que la pluie traversait obliquement. Elle éclairait la façade d'une gare minuscule et la plaque d'émail bleu sur laquelle le nom du lieu se détachait en blanc : La Porcherie.

Ce Paris grognon et boueux, voilà qu'il me poursuivait, qu'il m'arrêtait dans la course qui m'entraînait loin de lui et qu'il m'avouait enfin son vrai nom !

Le lendemain soir, j'étais résolu à me mettre au lit à peine le dîner achevé. Malgré la couchette, j'avais peu dormi les deux nuits précédentes, mes visites parisiennes déprimantes m'avaient épuisé et, le jour même, mes élèves avaient été encore plus agités que de coutume. Mais au moment où nous nous levions de table, la sonnette de la porte d'entrée a retenti. C'était l'abbé Vinassan qui nous rendait à l'improviste une visite vespérale.

L'abbé Vinassan, qui connaît Marie-Thérèse depuis qu'elle est étudiante, lui porte une affection touchante, bien que légèrement agaçante. Il n'y en a que pour elle. Il m'aime bien aussi, je crois, mais il est clair que je n'existe à ses yeux que comme époux de ma femme. Même sur les questions d'ordre intellectuel, il semble toujours faire plus de cas de son avis que du mien, ce dont je pourrais me formaliser si j'étais susceptible. Après tout, c'est moi qui suis agrégé ! L'abbé Vinassan habite à l'Institut catholique, où il est professeur, rue de la Fonderie, à deux pas d'ici. C'est un ami de longue date de Mlle de Cantelou, et c'est grâce à son entremise qu'elle a accepté de nous louer cet appartement si convoité. Il lui rend de fréquentes visites et manque rarement, en sortant de chez elle, de monter nous saluer, ou plutôt saluer Marie-Thérèse et par la même occasion le prince consort que je suis à ses yeux. C'est ce qu'il faisait ce soir-là.

Je dois cependant reconnaître, en toute justice, que c'est un auditeur attentif lorsque je lui parle de mes travaux, ce que je fais volontiers, car il s'intéresse à l'histoire des hérésies et a sur le catharisme des connaissances que je peux mettre à profit.

Certes, il n'a jamais positivement reconnu être convaincu par mes idées. Il se défend modestement de prendre position en invoquant son incompétence dans le domaine de la littérature médiévale. Mais enfin, il m'écoute avec bienveillance. Je ne peux en dire autant de ses collègues philologues, l'abbé Salvat et le chanoine Nègre, dont l'esprit borné s'effarouche dès qu'on tente de les arracher au domaine de la phonétique et de la toponymie occitanes, qui les occupent exclusivement.

Tout naturellement, j'avais parlé à l'abbé Vinassan de mes démarches auprès des professeurs de la Sorbonne et des espoirs que je plaçais dans les visites que je comptais leur rendre. Tout naturellement, à peine installé devant le verre d'armagnac qu'il refuse rarement, il me demanda des nouvelles de mon voyage à Paris. Pour une fois, j'aurais souhaité qu'il s'intéressât davantage à Marie-Thérèse et moins à moi. Prétextant la fatigue, je n'avais fait à la table familiale qu'un compte rendu très vague de mes visites. Je ne voulais ni peiner Marie-Thérèse ni me présenter aux enfants, qui n'auraient pas manqué d'écouter la conversation, sous un jour dévalorisant. Justement, ils étaient encore là, entourant l'abbé Vinassan, auquel ils manifestent – sans doute sous l'influence de leur mère – un attachement que je m'explique mal. Je les envoyai se coucher avant d'avouer que ce voyage n'avait pas exactement répondu à mes attentes. Je ne ferais de thèse ni sous la direction du professeur Le Gentil ni sous celle du professeur Frappier.

Bien entendu, j'ai un peu arrangé les choses. J'ai laissé entendre qu'il s'agissait là d'une résolution que j'avais prise moi-même, après les avoir tous deux rencontrés et jaugés. Le Gentil était trop mou, trop timoré. Frappier était trop autoritaire et trop conventionnel pour qu'une personnalité aussi marquée que la mienne pût espérer s'entendre avec lui. J'ai insisté sur l'accueil cordial que Félix Lecoy m'avait réservé, en révélant au passage, d'un ton négligent, qu'il m'avait consulté sur un vers difficile du *Roman de la Rose*.

J'ai seulement reconnu m'être fourvoyé en me laissant un instant griser par le rêve d'ambitions universitaires et attirer par le miroir aux alouettes parisien. Je suis un esprit trop indépendant pour me plier aux contraintes et aux compromissions du *cursus honorum*. Je suis trop attaché à ma bonne ville de Toulouse pour quémander ailleurs une reconnaissance qui ne peut me toucher que si je la reçois d'elle. Sans mentionner directement l'Académie des Jeux Floraux, j'ai amené la conversation sur Mlle de Cantelou, à qui l'abbé Vinassan est si attaché, et sur son cercle, où il est si introduit. J'ai réussi à prononcer le nom de Fauré de Lavèze.

– À propos des Fauré de Lavèze, a dit innocemment l'abbé, figurez-vous que j'ai dîné chez eux, il y a quelques jours, avec votre ami Peiresc.

J'étais stupéfait. Peiresc est donc reçu chez les Fauré de Lavèze ! Cela n'a, au fond, rien d'étonnant, intrigant et insinuant comme il l'est. Mais il s'est bien gardé de m'en parler. Il ne veut pas être obligé de me présenter. Je vois clair dans son jeu ! Il compte circonvenir Fauré de Lavèze, obtenir, grâce à lui, l'appui du bâtonnier Vidauban, du président de Faujac, et se faire élire à l'Académie des Jeux Floraux avant moi.

Dans mon agacement, je n'ai pu retenir une remarque un peu mordante sur Peiresc, dont les états de service se limitent à l'obtention laborieuse d'un CAPES d'espagnol.

– Je vous croyais très lié à Raymond Peiresc, m'a répondu sèchement l'abbé Vinassan, mais je vois que vous le connaissez mal. Adressez-vous donc à l'abbé de Naurois : il pourra vous renseigner sur ses états de service, comme vous dites.

Allons bon ! L'abbé de Naurois, à présent ! Qu'est-ce que cela voulait dire ? L'abbé Louis de Naurois est aujourd'hui collègue de l'abbé Vinassan à l'Institut catholique. Tout le monde sait qu'avant d'être aumônier du commando Kieffer, de participer avec lui au débarquement le 6 juin 44 et d'être fait Compagnon de la Libération par le général de Gaulle, il a joué un rôle important dans la Résistance à Toulouse. Dois-je comprendre que Peiresc lui aussi a été résistant ? Si c'était le cas, il me semble que je le saurais depuis longtemps : il n'est pas homme à taire modestement ses exploits. Mais si c'est vrai, cela lui donne un fameux avantage sur moi. Non que les mainteneurs de l'Académie des Jeux Floraux aient été eux-mêmes à l'époque particulièrement résistants. Mais justement : ils n'en sont que plus soucieux d'accueillir maintenant des résistants au sein de leur compagnie.

C'est tout de même injuste ! J'ai servi mon pays les armes à la main, j'ai passé cinq ans de ma vie dans un Oflag, et quand je reviens, il n'y en a que pour les résistants. On me regarde comme un pauvre type ou on ne me regarde pas du tout. Je sais : c'est moi qui suis injuste. À mon retour, Marie-Thérèse m'a regardé. Elle m'avait attendu. Attendu à Toulouse. Peut-être sait-elle quelque chose des activités de Peiresc pendant ces années-là. Il faudrait que je l'interroge. Mais elle vit tellement hors du monde. Elle a sans doute à peine pris conscience des événements qui se déroulaient alors sous ses yeux. En tout cas, elle n'en parle jamais.

L'échange un peu vif entre l'abbé Vinassan et moi à propos de Peiresc avait légèrement tendu l'atmosphère. L'abbé accepta un second verre d'armagnac pour montrer qu'il n'était pas fâché, mais prit congé peu de temps après, en observant, à juste titre, que j'avais besoin de repos.

Cela se passait vendredi dernier, 19 octobre. Le lendemain matin, samedi 20 octobre, un article de *La Dépêche du Midi* nous apprenait qu'un ecclésiastique, professeur à l'Institut catholique, l'abbé Jean-Paul Vinassan, avait été, dans la soirée, victime d'une agression dans l'étroite et obscure rue des Regans, à quelques mètres de la rue Pharaon, alors qu'il rentrait chez lui, rue de la Fonderie. Ses jours n'étaient heureusement pas en danger, mais le coup qu'il avait reçu aurait pu être mortel. Pendant qu'il était sans connaissance, il avait été fouillé et son portefeuille avait été dérobé. Il s'agissait donc d'une banale agression crapuleuse, mais que sa violence rendait effrayante et qui avait été commise avec une extrême audace dans un des quartiers les plus paisibles de la ville, alors qu'il était à peine 10 heures du soir.

Une banale agression crapuleuse ! Les autres éléments relevés par le journal démentaient cette banalité. Est-ce un hasard si l'abbé Vinassan a été attaqué et fouillé en sortant de chez moi, dont l'appartement a été visité il y a peu ? N'est-ce pas la preuve que l'on surveille mon domicile, mes allées et venues, celles de mes visiteurs ? Une banale agression crapuleuse ! Quelle crapule serait assez bête pour penser qu'un pauvre prêtre âgé, rentrant paisiblement chez lui, transporte une somme importante, une somme qui mérite qu'on l'assomme pour s'en emparer, et avec une violence qui aurait pu le tuer ? Qui risquerait la guillotine pour si peu ? En revanche, on a pu supposer que j'avais confié à l'abbé Vinassan des documents importants. Nul n'ignore qu'il s'intéresse aux hérésies dualistes et qu'il est, de l'avis unanime, l'un des meilleurs connaisseurs du catharisme. Mais qui se cache derrière ce « on » ? Encore plein de rancœur à l'égard des maîtres de l'Université, je me plus un instant à imaginer le vieux doyen Lavaud, le visage dissimulé par un foulard, embusqué avec une matraque au coin de la rue Pharaon.

Mais j'étais trop préoccupé pour m'amuser de ces impertinences puériles. Le doyen Lavaud n'était évidemment pas en cause. En revanche, je ne pus m'empêcher de penser à René Nelli. René Nelli s'intéresse de si près au catharisme qu'on le dit cathare lui-même. René Nelli a été marqué par Otto Rahn et il est persuadé, comme moi, qu'un lien certain unit le Graal aux cathares. Mais ce n'est pas lui qui a découvert la nature de ce lien. Je suis seul à avoir percé le secret du cor de Roland. Après ma conférence du printemps dernier à l'hôtel d'Assézat, il a affecté de me traiter en universitaire besogneux, avec une condescendance bonhomme. Mais j'ai bien vu que ma découverte piquait à la fois sa curiosité et son amour-propre. Il aurait bien voulu en apprendre davantage. Bien qu'il l'ait catégoriquement nié quand je lui ai posé la question, il connaissait sans nul doute le personnage vêtu de noir qui m'avait ce soir-là interpellé et menacé au nom du catharisme. Je suis presque certain de les avoir vus échanger un regard d'intelligence.

De là à le soupçonner d'avoir assommé l'abbé Vinassan ! Mais ces poètes, ces surréalistes, s'astreignent-ils à suivre la morale commune ? René Nelli était un disciple et un familier de Joë Bousquet. Combien d'heures a-t-il passées dans la célèbre chambre noire du poète foudroyé, au cœur de ce Carcassonne qu'il se plaît lui-même à peindre fourmillant de messes noires, de sectes étranges, de cultes ésotériques ou diaboliques ? Dieu sait vers quelles perversions a pu le pousser l'intérêt gourmand qu'il leur porte ! Et si ce n'est lui, ce peut être son ami, l'homme en noir. Après tout, s'emparer de mon secret en s'en prenant à un prêtre de l'Église de Rome, n'était-ce pas une perspective propre à enchanter un cathare fanatique ?

S'emparer de mon secret ! Quel secret ? La preuve décisive m'échappe toujours, bien que, dans ma conférence, j'aie imprudemment laissé entendre le contraire. Et comment la trouver, cette preuve, si je ne peux suivre la piste de l'olifant conservé au musée Dupuy, soit qu'elle ne mène effectivement nulle part, soit que Mlle Piron-Blanchard m'en refuse obstinément l'accès ? Et comment obtenir l'aide de Mlle Piron-Blanchard, si je ne peux me targuer auprès d'elle d'un sujet de thèse déposé et approuvé par un maître de l'Université ? Renoncer ? N'avais-je pas raison, dans le train qui me ramenait de Paris, de vouloir concentrer mes efforts sur l'Académie des Jeux Floraux et sur la reconnaissance que je pourrais obtenir de ma bonne ville de Toulouse ? Mais n'est-ce pas précisément mon hypothèse sur le cor de Roland, le Graal et les cathares qui a favorablement attiré sur moi l'attention de l'Académie ? Que me reste-t-il, si j'y renonce ? Je ne suis pas un bel esprit comme Peiresc. Je n'écris pas des poèmes qui plaisent aux dames. Je n'intrigue pas pour me faire inviter chez les Fauré de Lavèze.

Telles étaient les pensées qui m'agitaient, samedi matin, assis dans la cuisine devant mon café qui refroidissait, *La Dépêche du Midi* étalée sur les genoux.

Les préoccupations de Marie-Thérèse, qui s'affairait autour de moi, étaient différentes. Quand je lui fis part du soupçon que je pouvais être visé à travers l'abbé Vinassan et qu'une menace pesait peut-être sur moi, elle se contenta de hausser légèrement les sourcils. Comme si elle n'avait pas entendu, elle cria aux enfants de vérifier que rien ne manquait dans leur cartable et me dit qu'après les avoir conduits à l'école, elle passerait à la clinique Saint-Michel, toute proche, où le journal disait que son cher abbé avait été transporté, pour prendre de ses nouvelles. Peut-être lui permettrait-on de le voir. Un peu plus tard, elle revint à la fois rassurée et déçue. Le professeur Dumesnil, qui opère à la clinique Saint-Michel et qu'elle y avait croisé, s'était dit certain que l'abbé Vinassan se remettrait vite et ne garderait aucune séquelle. Mais il lui avait interdit l'accès de sa chambre : il devait rester pendant vingt-quatre heures au moins au repos absolu.

Au moment où j'écris ces lignes, le diagnostic s'est vérifié. L'abbé Vinassan se remet rapidement et rentrera chez lui à la fin de la semaine. Je parie que Marie-Thérèse, qui devrait déjà être revenue, est passée lui rendre visite après avoir déposé les enfants à leur goûter.

À moi aussi, cette agression, dont je reste certain d'être la cause involontaire, venant à la suite de mon décevant et épuisant voyage à Paris, m'a porté un coup sur la tête, non pas physiquement, mais moralement. C'est, à n'en pas douter, à l'ébranlement de mon système nerveux épuisé qu'il faut attribuer mon étrange comportement de lundi dernier, dont je ne peux faire la confidence qu'à ce journal.

Il faisait, lundi, exceptionnellement chaud. Un été de la Saint-Martin bien digne de Toulouse. En me rendant au lycée ce matin-là, je levais sans cesse les yeux vers le ciel d'un bleu profond au-dessus des rues étroites et je pensais à Paris, noyé de pluie, gluant de boue. J'aurais dû prendre plaisir à ce contraste, j'aurais dû jouir du simple bonheur de marcher doucement vers le lycée Fermat sous ce beau soleil, entouré par la paisible animation de la rue des Filatiers. J'en étais incapable. Tout m'oppressait. Le sentiment confus de la menace qui se profile derrière l'agression subie par l'abbé Vinassan. Les déceptions professionnelles de ces derniers jours. Celles que m'apportent mes élèves, non seulement plus faibles, mais encore plus insolents d'année en année (j'écris ici ce dont je ne peux m'ouvrir à personne, ce que jusqu'à cet instant je ne voulais même pas m'avouer : mes Troisièmes de cette année sont si insupportables que, pour la première fois de ma carrière, je me sens menacé par la honte de devenir un professeur chahuté ; ils font le bourdon pendant que je fais l'appel ou que j'écris au tableau, certains ricanent de mes remontrances ou de mes envolées). La déception aussi de voir ma femme faire si peu de cas de ma vie intellectuelle, traiter mes travaux avec une condescendance ironique et manifester ostensiblement qu'elle leur accorde peu d'importance au regard d'une vie familiale, que j'ai bien le droit, moi, de juger pourtant étroite, banale et insipide. Je dois cependant à la vérité de rectifier un peu mon propos. Marie-Thérèse ne manifeste rien ostensiblement et elle n'est jamais à mon égard nettement ironique. C'est moi qui devine réprobation et condescendance derrière son ton neutre et son humeur égale. Il n'empêche. Lundi matin, sur le chemin du lycée, j'avais le sentiment d'avoir le droit et même le devoir de manifester plus d'indépendance et d'autorité à l'égard de Marie-Thérèse. Je m'échauffais en ruminant mes griefs. Je les laissais envahir et obscurcir mon cerveau agité et surmené.

Une personne qui, en revanche, profitait pleinement ce jour-là du temps radieux et ne laissait pas de noires pensées peser sur son cerveau peu surmené, c'était Mlle Verjoul. Je n'avais cours qu'à 10 heures et je suis donc arrivé trop tard pour assister à la petite scène quotidienne entre elle et Peiresc au volant de sa voiture. Elle avait certainement eu lieu, pourtant, et plus piquante encore que de coutume, car la capote du cabriolet, garé devant le lycée, était baissée. Comme j'étais un peu en avance, je suis passé au secrétariat du proviseur pour régler une formalité administrative.

Si Peiresc, en hommage à la chaleur du jour, avait rabattu la capote de sa 203, Mlle Verjoul arborait, de son côté, et comme par symétrie, une tenue résolument légère. Elle portait un petit chemisier de nylon blanc à pois noirs, sans manches et profondément décolleté. Il était tendu à craquer par l'armature d'un soutien-gorge qui lui faisait une poitrine extraordinairement pointue. On la devinait fort bien sous l'étoffe légère, dont un léger gaufrage atténuait cependant la transparence de façon irritante, si bien que le regard ne pouvait s'empêcher d'y revenir sans cesse, dans l'espoir toujours déçu d'être cette fois plus perçant. Ainsi couverte et la partie inférieure de sa personne étroitement moulée dans une jupe entravée, Mlle Verjoul virevoltait dans la pièce, secouant une queue de cheval juvénile, un peu trop blonde pour être vraie. Elle me souriait avec insistance et leva, pour attraper mon dossier, un bras rond, dévoilant une aisselle rasée qui dégageait la fraîche odeur de l'Odorono.

À ce moment, Kopf est entré. Il venait chercher je ne sais quel formulaire. Mlle Verjoul s'est penchée profondément pour le chercher dans le tiroir inférieur de son bureau. Kopf a détourné discrètement les yeux. Je n'ai pu me résoudre à l'imiter. Quand Mlle Verjoul s'est relevée, elle a saisi mon regard, a souri en faisant la moue et m'a menacé de l'index.

Kopf a fait celui qui n'avait rien vu, a remercié et est sorti.

Je me suis attardé dans le bureau. Moins gênée que je ne l'étais moi-même, Mlle Verjoul m'a grondé avec indulgence d'avoir regardé ses seins, en des termes si précis qu'ils m'ont paru une invitation à recommencer ou à aller plus loin. Ce disant, elle se penchait à nouveau, et cette fois sans motif, vers le tiroir inférieur de son bureau. J'ai cherché une réponse spirituelle, enjouée et pleine de sous-entendus. Ne la trouvant pas, je me suis approché avec un sourire que je sentais emprunté et j'ai tendu vers son épaule, dégagée par l'échancrure du petit chemisier de nylon gaufré, une main hésitante.

La porte de communication avec le bureau du proviseur s'ouvrit et Chervieux parut sur le seuil. Il me fixait avec un étonnement sévère. Je l'ai salué d'une façon que j'espérais, sans trop y croire, à la fois respectueuse et dégagée, j'ai remercié en bredouillant Mlle Verjoul de m'avoir procuré le document dont j'avais besoin et je suis sorti aussi dignement que j'ai pu.

J'ai marché lentement jusqu'au bout du couloir. Au moment d'en tourner le coin, je me suis retourné. Elle était sur le seuil de son bureau et me faisait en pouffant un petit signe de la main. Je suis revenu sur mes pas tandis qu'elle-même battait en retraite. Je me suis trouvé devant sa porte à l'instant où elle allait la fermer. Je n'ai pas osé entrer à nouveau dans son bureau et, je ne sais pourquoi, je lui ai murmuré sottement : « À bientôt ! »

La cloche sonnait. Je gagnai ma classe. L'agitation de mes Troisièmes avait soudain cessé de me préoccuper. J'étais plus agité qu'eux. Je le fus plus encore quand, revenant au lycée au début de l'après-midi, je vis Mlle Verjoul et son petit corsage penchés au-dessus de la portière du cabriolet décapoté de Peiresc, littéralement sous son nez, tandis que, négligemment assis dans la voiture, il pianotait sur le volant d'un air blasé. Je les saluai sans m'arrêter avec une froide dignité. Peiresc me répondit sur le ton horripilant de cordialité ironique, qui lui est habituel. Mlle Verjoul me fit un modeste signe de tête. Mais à peine étais-je entré dans le lycée que j'entendis derrière moi un trottinement pressé. Elle me poursuivait aussi vite que le lui permettaient sa jupe entravée et ses hauts talons. Je m'arrêtai pour l'attendre. Elle me rejoignit en feignant l'essoufflement. Je restai silencieux. Elle s'abstint de tout commentaire aussi bien sur la scène du matin que sur celle qui venait de se dérouler, mais elle m'accompagna jusqu'à la salle des professeurs en souriant de sa petite bouche peinte et en m'entretenant avec volubilité de questions indifférentes.

Je fis mon cours de grec comme je pus. Mon esprit était loin de Xénophon. Aucun des élèves n'avait fait sa préparation de l'*Anabase*. Ils attendaient que je traduise à leur place, guettant le nom de Proxène, qui les faisait rire. Chaque fois que je le prononçais, une voix, au fond de la classe ajoutait : « -nète ! » Ils s'attendaient à me voir monter sur mes grands chevaux. Déçus par mon indifférence, ils se lassèrent au bout d'un moment.

À 4 heures, mes cours terminés, j'ai repris le chemin de la maison dans la chaude après-midi d'octobre. Il me semblait que chaque pas qui m'éloignait du lycée m'arrachait à un monde insoupçonné et palpitant pour me ramener à la monotonie du quotidien. Que cette impression fût ridicule, même alors, j'en avais conscience. M'abandonner à ces émois de collégien, c'était faire beaucoup d'honneur à Mlle Verjoul. Mais tout de même, Mlle Verjoul ! Moi qui m'irritais sans cesse de la voir flirter avec Peiresc ! Elle l'avait planté là, lui et son cabriolet, pour me courir après. Je passe sur les images qui m'assaillaient, le petit corsage qui bâillait, l'épaule, l'aisselle, le sourire et la queue de cheval virevoltante.

Dans le calme de mon bureau, où j'essayai en vain de travailler, ces images me poursuivaient encore. Brusquement, j'ai eu envie de savoir où elle habitait. J'ai attrapé l'annuaire, mais surtout avec l'idée de me débarrasser de cette curiosité stupide en vérifiant que je ne pourrais la satisfaire. Mlle Verjoul n'avait certainement pas le téléphone. À ma grande surprise, je l'ai trouvée : Verjoul, Mauricette, 22 bis, rue du Japon.

Je sortis de mon bureau et dis à Marie-Thérèse que je devais conduire la Panhard au garage de la place du Salin. C'était un prétexte, mais des prétextes de ce genre, je dois reconnaître que cette voiture en fournit malheureusement sans compter. Il n'était que trop vrai qu'elle calait sans cesse. Peut-être le carburateur était-il encrassé ou le ralenti mal réglé. Je n'y connais rien. En tout cas, elle se fit docilement complice de mon subterfuge en calant deux fois pendant que je manœuvrais dans la cour, bien que j'eusse pris soin d'accélérer jusqu'à l'emballement du moteur avant d'embrayer. Mlle de Cantelou, qui aime les hennissements, était servie. Derrière la fenêtre de l'entrée, Michel se bouchait ostensiblement les oreilles en faisant la grimace. Ce gamin se permet parfois des réflexions désobligeantes sur ma façon de conduire et des comparaisons mortifiantes avec celle des pères de ses petits camarades. Il aurait mérité une réprimande, mais j'étais trop occupé à sortir de la cour sans heurter le montant du portail.

Sans m'arrêter place du Salin, j'ai remonté les allées Saint-Michel jusqu'au Boulingrin, puis j'ai longé le Jardin des Plantes et pris l'allée des Demoiselles, dans laquelle donne la rue du Japon. Tout le monde sait à Toulouse que le quartier des Demoiselles est ainsi baptisé parce qu'il est bâti sur l'emplacement où, lors de la construction du canal du Midi, on avait cantonné le délassement des travailleurs. J'y pensais en roulant vers la rue du Japon et je me suis dit… Mais passons !

Mlle Verjoul habite, tout près du musée Labit, qui abrite une collection d'arts orientaux, une toulousaine, c'est-à-dire une petite maison composée d'un rez-de-chaussée et d'un unique étage. Bien que de taille modeste, cette maison, qui donne directement sur la rue, a été divisée en plusieurs appartements, comme en témoignait, à côté de la porte, la présence de plusieurs plaques ternies et de plusieurs sonnettes disparates. Je suis allé faire demi-tour au bout de la rue, près du canal, non sans que la Panhard cale à nouveau plusieurs fois, et je suis revenu me garer presque en face de la maison, mais à quelques mètres en retrait tout de même (j'ai lu, comme tout le monde, des romans policiers), à demi caché derrière une voyante camionnette Juva 4 rouge sang, sur les panneaux de laquelle était peinte une immense clé de fer forgé surmontée de la réclame d'un apéritif : « Bonal, la clé de l'appétit ». L'avant de ma voiture était tourné vers l'allée des Demoiselles. Assis au volant, je pouvais voir l'angle de l'allée et même l'arrêt de l'autobus qui, si mes calculs étaient justes, devait d'un instant à l'autre ramener Mlle Verjoul de son travail à son domicile.

Elle est, en effet, arrivée peu après, mais non pas en autobus. Soudain, j'ai vu approcher, rapide et silencieuse, la DS 19 blanche à toit noir du professeur Dumesnil. Elle s'est arrêtée en fléchissant les jarrets devant la toulousaine. Le professeur en a aussitôt jailli et a galamment fait le tour de la voiture pour ouvrir la portière à Mlle Verjoul, qui est descendue à son tour, non sans se pencher en faisant bâiller son petit corsage ni sans remuer son arrière-train dans sa jupe étroite.

Je mourais de peur qu'ils ne me voient. Le professeur, qui vient si souvent rue Philippe-Féral, connaît bien ma voiture, toujours garée dans la cour. Je me suis fait aussi petit que je le pouvais derrière le volant, sans oser, cependant, m'allonger sur la banquette, geste impossible à justifier avec la moindre apparence de naturel, au cas où j'aurais déjà été repéré. Je pensais que Dumesnil repartirait après avoir déposé Mlle Verjoul, mais il est entré dans la maison avec elle.

J'ai attendu un moment dans la voiture, espérant le voir ressortir et cherchant à cette succession d'événements une explication avouable. Mais le temps passait et il ne ressortait pas. Les explications avouables que j'avais tout le loisir d'imaginer étaient peu vraisemblables. Les explications vraisemblables étaient inavouables. Le professeur Dumesnil pouvait faire ce qu'il voulait, mais la conduite de Mlle Verjoul à mon égard était inqualifiable. Le jour même où elle avait multiplié les amabilités et les agaceries à mon endroit, elle… J'enrageais.

Vraiment, je faisais belle figure, assis dans ma voiture, rue du Japon, à regarder le soir tomber sur la maison où Mlle Verjoul était enfermée depuis une demi-heure en compagnie du professeur Dumesnil ! Qu'est-ce que je faisais là ? Qu'est-ce que j'attendais ? Qu'il ressorte, pour aller à mon tour tirer la sonnette de cette chère Mauricette ? Je n'avais qu'une chose à faire : repartir, et tout de suite.

Mais repartir, la Panhard ne le voulut pas. Lorsque je tirai le démarreur, le claquement du moteur ne vint pas relayer le chuintement faiblard et grinçant de la dynamo s'épuisant à faire tourner Dieu sait quoi et déchargeant inutilement la batterie. Je n'obtins pour finir qu'un léger hoquet, suivi du silence. Comme cette voiture, dont le bruit est si agaçant, peut être exaspérante quand elle est silencieuse ! Je renouvelai l'opération un certain nombre de fois, sans plus de succès. Même le hoquet avait disparu.

Je suis descendu, j'ai tourné d'un pas lent autour de la voiture et j'ai soulevé le capot, par pur acquit de conscience et pour me donner une contenance, car son contenu compliqué m'est entièrement indéchiffrable. Je me suis penché sur l'enchevêtrement de fils et de tuyaux. J'avais désagréablement conscience que le capot n'était maintenu relevé que par une tige métallique particulièrement frêle et que le piton particulièrement pointu qui assure sa fermeture pendait exactement au-dessus de ma nuque. Je tripotai au hasard un ou deux fils, qui laissèrent immédiatement sur mes doigts des traînées noires et grasses. Je résolus de ne plus toucher à rien et de me contenter d'une contemplation mélancolique, dont je me suis vite lassé. J'ai rabattu le capot rond, flanqué de deux phares ronds, et du centre duquel dépasse une sorte de lame métallique purement décorative, servant de substitut humiliant au projecteur antibrouillard, gloire du modèle de luxe que je n'ai pu m'offrir. J'eus l'impression que la voiture me regardait de ses yeux ronds comme un animal épuisé, qui s'effondre en tirant la langue.

Je me suis installé à nouveau derrière le volant, avec la vague idée que, si, oubliant tout ce qui s'était passé, je faisais avec naturel et conviction les gestes habituels du monsieur qui monte en voiture et met le moteur en marche, il n'y avait aucune raison pour que le moteur ne se mette pas effectivement en marche. Cette conduite magique n'ayant donné aucun résultat, j'ai encore perdu un moment à jouer en vain avec le démarreur et le starter, boutons fragiles et voyants de plastique jaunâtre, dont la laideur m'a brusquement frappé comme une offense.

Le professeur Dumesnil est sorti de la maison au moment où je faisais une fois de plus grincer longuement la dynamo épuisée, en tirant inutilement sur cet affreux démarreur. Ce bruit irritant a immédiatement attiré son attention sur ma voiture et sur ma personne, en même temps qu'il l'informait de la situation mieux qu'un long discours. Il m'a fort aimablement proposé de me raccompagner (« Mais non, cela ne me dérange nullement : je voulais de toute façon passer voir notre vieille amie »). Je l'ai remercié avec profusion et j'ai pris place dans la DS 19, posant mon fondement sur le siège moelleux qui avait accueilli peu auparavant celui de Mlle Verjoul. Tandis que, poussant légèrement vers la gauche le petit levier de vitesses placé au-dessus du curieux volant à une seule branche, il éveillait, sans l'aide d'aucun démarreur, le doux ronronnement du moteur, il s'apitoyait sur la fragilité bien connue des Panhard (« C'est dommage : de si bonnes petites voitures ! »).

Nous n'étions pas à l'angle de l'allée des Demoiselles qu'il me demandait ce qui m'avait attiré dans ce quartier. Mais comment donc ! Il aurait eu tort de se gêner ! Il sortait d'une visite hautement suspecte au domicile de Mlle Verjoul, qu'il n'avait aucune raison de connaître et encore moins de fréquenter, mais, bien entendu, c'était moi qui devais me justifier, c'était moi qui avais l'air coupable ! J'ai prétexté une recherche à faire au musée Labit. Malheureusement, le professeur Dumesnil paraissait soudain s'intéresser à mes recherches. Il voulut savoir quel rapport existait entre les arts de l'Extrême-Orient et mes propres travaux (« sur le Moyen Âge occidental, m'a dit notre chère Mlle de Cantelou »). Je me suis embarqué dans de vagues considérations sur l'intérêt de la mythologie comparée, sentant qu'à chaque mot je m'enferrais davantage. Ce qui m'exaspérait surtout, c'était qu'il eût l'air de ne connaître mon domaine de recherche que par les confidences de Mlle de Cantelou. Était-ce donc tout l'effet qu'avait produit sur lui ma conférence du printemps dernier, à laquelle il avait pourtant assisté ? N'était-il pas de ceux qui me l'avaient demandée, cette conférence, et avec l'insistance la plus flatteuse, après que je lui eus exposé les grandes lignes de ma théorie dans le salon même de Mlle de Cantelou ? Cet oubli et cette indifférence me mortifiaient autant que d'avoir été recueilli rue du Japon à côté de ma voiture en panne.

Ils me mortifiaient et ils m'inquiétaient. J'avais plus de chemin à faire que je ne pensais pour acquérir auprès des mainteneurs les plus influents de l'Académie des Jeux Floraux une notoriété suffisante. Aussi ai-je décidé de profiter pleinement de l'occasion qui m'était offerte. Dissimulant mon humeur, je me suis montré avec le professeur Dumesnil aussi aimable et brillant que je peux l'être. Je lui ai exposé à nouveau mes idées de la façon la plus vivante et la plus piquante possible, en insistant sur la gloire que Toulouse pouvait en tirer. Habilement, j'ai souligné que j'étais amené à étudier de près la poésie des troubadours occitans, dont l'Académie des Jeux Floraux maintient la tradition vivante et glorieuse. Malheureusement le trajet était trop bref pour mon éloquence.

Mais le vrai malheur n'est pas là. Il est que le professeur Dumesnil allait bel et bien rendre visite à Mlle de Cantelou. Il lui aura certainement tout raconté : notre rencontre rue du Japon, le service qu'il m'a rendu, en bon samaritain qu'il est. Il faut bien qu'il meuble la conversation avec la vieille demoiselle. L'entorse, à présent guérie, ne suffit plus. Pour la même raison, Mlle de Cantelou ne manquera pas d'en parler à Marie-Thérèse, d'autant plus innocemment qu'elle la croit évidemment au courant. Elle n'a encore rien dit : j'en aurais eu des échos. Marie-Thérèse voudra savoir pourquoi j'ai éprouvé le besoin de me rendre rue du Japon avec une voiture qui ne marchait pas et que je devais conduire au garage. Que lui répondre ? Comment confesser une telle niaiserie ? Peut-être Mlle de Cantelou et elle ne se sont-elles pas vues depuis. Mais cela ne saurait durer. Mon seul espoir est que Dumesnil aura peut-être préféré taire sa propre visite rue du Japon. Mais cet espoir est faible. Un médecin peut se rendre chez ses patients dans tous les quartiers de la ville, comme il l'entend, sans éveiller de soupçons. Après tout, la visite du professeur à Mlle Verjoul pouvait être purement professionnelle. Moi-même je ne demandais qu'à le croire, et j'aurais pu le croire si je ne les avais pas vus arriver ensemble dans la DS 19.

En tout cas, moi qui ne suis pas Mlle Verjoul, j'ai au moins voulu éviter de faire mon entrée dans la cour de la rue Philippe-Féral dans la DS 19 du professeur Dumesnil. Je lui ai demandé de me déposer devant le garage de la place du Salin, pour que je fasse dépanner ma voiture. De ce côté du moins, je suis tranquille vis-à-vis de Marie-Thérèse. Je ne lui ai pas menti, la Panhard avait réellement besoin des soins d'un garagiste.

Mais le lendemain matin, au lycée, je me suis placé sans nécessité dans une situation dangereuse autant que ridicule. J'étais dans la salle des professeurs en conversation avec Kopf et Peiresc, qui, selon son habitude, faisait le beau, me tapotait l'épaule d'un petit air protecteur et avait, un instant auparavant, feint de vouloir écraser Mlle Verjoul avec plus d'ostentation encore que d'habitude. Kopf venait de prononcer le nom de la demoiselle (certes, de la façon la plus naturelle et dans le contexte le plus anodin, mais je suis certain que son indifférence est jouée et que, seul avec elle dans son bureau, il ne détourne pas vertueusement le regard quand elle se penche sur le tiroir inférieur de son bureau). Bref, Kopf a prononcé le nom de Mlle Verjoul, et je n'ai pu me retenir alors d'annoncer, sur le ton de l'évidence et comme si je mentionnais en passant un fait connu de tous, qu'elle est la maîtresse du professeur Dumesnil. C'était bien fait pour ce faux jeton de Kopf et plus encore pour ce coq prétentieux de Peiresc. S'il avait l'intention (et il l'avait certainement) d'embarquer Mauricette dans son cabriolet, il en sera pour ses frais. La DS 19 est plus confortable. Autant qu'il le sache.

Naturellement, on m'a demandé d'où je tirais mon information, Peiresc avec une gourmandise égrillarde, Kopf de l'air dégoûté et responsable du monsieur qui ne s'intéresse pas aux racontars, mais qui ne peut laisser circuler des rumeurs sans fondement. Pour prouver mes dires, j'ai révélé ma rencontre avec Dumesnil rue du Japon. Je l'ai fait délibérément. Le risque était calculé. J'avais décidé, à la réflexion, de prendre les devants et de parler de ma prétendue visite au musée Labit spontanément et de façon dégagée. Si Marie-Thérèse apprenait ma présence rue du Japon de la bouche de Mlle de Cantelou, informée elle-même par le professeur Dumesnil, il me suffirait de confirmer d'un air dégagé cette visite au musée Labit, dont j'aurais déjà parlé de moi-même à Peiresc, comme elle pourrait aisément le vérifier. De toute façon, je ne pouvais espérer garder secret le fait que la Panhard avait dû être remorquée depuis la rue du Japon jusqu'au garage de la place du Salin.

J'ai donc dit à mes deux collègues que j'étais allé au musée Labit pour comparer les armures de samouraïs qui y sont exposées avec celles des chevaliers du Moyen Âge. J'avais vu arriver le professeur Dumesnil et Mlle Verjoul dans la DS 19 du professeur et je les avais vus entrer dans la maison de la demoiselle. Quand j'étais moi-même sorti du musée, je n'avais pu faire démarrer ma voiture. Tandis que je m'y évertuais, le professeur Dumesnil était, de son côté, ressorti de chez Mlle Verjoul…

Kopf et Peiresc m'écoutaient en silence.

– Comment sais-tu, m'a soudain demandé Peiresc, que la maison où sont entrés tes tourtereaux est celle de Mlle Verjoul ?

En sentant que je rougissais un peu, je lui ai répondu que, de retour chez moi, j'avais vérifié dans l'annuaire.

– Ainsi, a-t-il repris, cette bonne Mauricette habite à côté du musée Labit. C'est ce qu'on appelle une coïncidence ! À propos, tu as bien vu toutes tes armures ? Je suis sûr qu'il faudra que tu y retournes : un érudit scrupuleux comme toi a toujours besoin de vérifications complémentaires.

Brusquement, je voyais clairement que mon histoire de samouraïs ne tenait pas debout. Comment avais-je pu imaginer une seconde que Kopf et Peiresc allaient l'avaler ? Tous deux se payaient évidemment ma tête. Ils riaient sous cape.

Non, ils ne riaient pas sous cape. Comme je le répète à mes élèves, on a toujours tort d'employer des expressions toutes faites. Kopf ne riait pas du tout. Il avait un air pincé et mélancolique. Quant à Peiresc, il ne riait pas sous cape, il me riait au nez. La cloche retentit. C'était l'heure d'aller affronter nos élèves. Il me poussa hors de la salle des professeurs à grandes bourrades dans le dos, adressant au passage un clin d'œil à Mlle Verjoul, qui à cet instant sortait de son bureau.

VI

Pendant le trajet de la rue du Japon à la place du Salin, le professeur Dumesnil aurait pu donner à Émilien Rébeyrol deux informations qui auraient peut-être mis un peu de baume sur son cœur ulcéré. Mais elles étaient de nature telle qu'il ne les lui aurait livrées pour rien au monde, même si l'autre s'était un instant arrêté de parler et lui avait laissé le loisir de placer un mot.

La première était que le bruit déchirant du démarreur incapable de lancer le moteur de la Panhard avait fâcheusement troublé son intimité avec Mlle Verjoul, dont le coquet studio donnait sur la rue. Si sa tenue lui avait permis de se montrer à la fenêtre, le professeur aurait dit sa façon de penser à l'imbécile qui s'entêtait stupidement à vouloir mettre en marche un moteur évidemment hors d'usage. La plainte crispante qu'il arrachait inlassablement à sa guimbarde, et qui ne s'éteignait un instant que pour s'élever à nouveau, pénétrait jusqu'au fond de la pièce, où se trouvait le divan couvert d'un plaid écossais, disparaissant lui-même sous les poupées provençales et les peluches qu'il fallait, avant chaque usage, toutes placer sur le cosy, parmi les numéros de *Paris Flirt*. Le professeur en avait quelque peu perdu ses moyens. D'abord boudeuse, Mlle Verjoul avait vaillamment mis en œuvre une méthode à ses yeux infaillible. Elle consistait en une danse lascive exécutée par elle-même aux accents de « *Itsi bitsi petit bikini* » diffusés par son Teppaz, non sans de nombreux craquements qui révélaient, avec l'usure du 45 tours, que sa confiance dans l'efficacité de sa cure se fondait sur une longue expérience. Hélas ! Tout avait été vain. Mlle Verjoul avait alors entrepris de consoler le professeur d'une façon si insupportablement maternelle qu'il avait écourté sa visite.

La seconde information, corollaire de la première, est qu'il n'est pas resté en compagnie de Mlle Verjoul pendant tout le temps qu'il a passé dans la maison. En sortant de son studio, il a en effet croisé sa voisine dans l'entrée de cette demeure autrefois modestement bourgeoise, aujourd'hui divisée en petits logements, comme l'a justement observé ce fin limier de Rébeyrol. La voisine de Mlle Verjoul est trop heureuse de rencontrer ce monsieur si important et si aimable, qu'elle se flatte de connaître de longue date, bien que lui-même ne donne l'impression ni de la connaître ni de s'en flatter, qui lui a rendu quelques années auparavant un service considérable, et à qui elle voue une reconnaissance éternelle et prolixe.

La voisine de Mlle Verjoul lutte vaillamment contre l'âge et l'embonpoint avec le secours de sa gaine Scandale, de sa poudre de riz, de son rouge à lèvres vermillon, étalé en forme de cœur dans les ridules de sa lèvre supérieure jusqu'à l'orée de ses narines, et de son rimmel qui rejoint sur les tempes la racine à la couleur incertaine de ses cheveux teints. La voisine de Mlle Verjoul a l'air de ce qu'elle a été : une pensionnaire de la rue de la Pleau.

Une pensionnaire de la rue de la Pleau : on imagine que la Libération n'a pas été pour elle une époque facile. Sans ce bon docteur Dumesnil… Elle se tortille de satisfaction :

– Ah ! Docteur, comme je suis contente de vous retrouver ! Après toutes ces années ! Oh ! Je ne vous oublie pas ! Tous les jours je vous recommande à la Sainte Vierge ! Et là, je rentre, et qui je vois, comme ça, devant moi ? Le docteur Dumesnil ! Oh ! Je vous ai reconnu tout de suite. Vous n'avez pas changé. Ce n'est pas comme moi… Si, si, allez, je sais bien. Avouez que vous vous êtes demandé d'abord ce qu'elle vous voulait, cette vieille…

Elle le tire par la manche et baisse la voix d'un degré, ce qui la rend encore audible de toute la maison, sinon de tout le quartier :

– Vous avez bien raison. Elle est gentille, cette petite ! Et sérieuse ! Et instruite ! Et propre ! C'est ça qui est important, d'être propre ! Mais je suis bête : vous qui êtes un docteur, vous savez ça mieux que nous autres.

Maintenant, le professeur Dumesnil la reconnaît, bien sûr. Il l'a même reconnue un peu avant d'être contraint de l'avouer. La belle Rita ! C'était toujours elle qu'il choisissait, la belle Rita, quand il faisait une virée rue de la Pleau, avec les carabins. C'était avant l'invasion de la zone sud, avant que les Allemands se réservent ces dames pour leur usage privé. Il l'avait retrouvée à l'automne 44. Elle n'en menait pas large, à l'automne 44, la belle Rita. On l'avait tondue, comme les autres, la belle Rita. On lui avait peint une croix gammée sur les nichons, à la belle Rita. On l'arrêtait, on la relâchait, on l'arrêtait encore, histoire de s'amuser un peu. Une pute, on ne peut pas dire qu'on la viole : elle est faite pour ça. C'est son métier. Dumesnil n'osait pas dire aux autres qu'il la connaissait. Tiens donc, tu avais tes habitudes rue de la Pleau ? On était suspicieux, dans la Résistance. Il fallait bien. Et puis, résistant, il ne l'était pas depuis si longtemps que cela. Il en avait dit un mot à X. X., depuis son bureau à la préfecture, avait fait relâcher la fille, leur avait dit de la laisser tranquille. Dumesnil lui avait trouvé un coin où se cacher, lui avait donné un peu d'argent. Il allait la voir de temps en temps. Il lui portait même à manger, en attendant que ses cheveux repoussent. Seulement, il ne lui avait pas parlé de X. Il lui laissait croire qu'il l'avait tirée d'affaire tout seul. Ce n'était pas un gros mensonge. Elle était si reconnaissante !

La belle Rita a vieilli, mais elle a retrouvé l'heureuse humeur qui est dans sa nature.

– Vous habitez donc ici ? lui demande-t-il inutilement, pour dire quelque chose. Vous vous en sortez ?

– C'est sûr que je ne vis plus de mes charmes, si c'est ça que vous voulez dire. Je mourrais de faim. Et puis, c'est une maison convenable, ici. Des gens bien, des fonctionnaires, comme la petite Mlle Verjoul. Non, je fais des ménages. Pas de honte à ça.

Elle le regarde avec un petit sourire. Il la vouvoie, maintenant. Bien sûr, on n'est plus en 44.

– C'est vrai que vous, vous n'avez pas changé, docteur. Je vous aurais reconnu tout de suite. Mais pour vous dire le vrai du vrai, j'ai vu votre photo, il n'y a pas si longtemps, dans *La Dépêche*. Vous étiez avec Monsieur X. On peut dire que vous connaissez du beau monde, vous, des gens importants, des ministres !

À nouveau elle le tire par la manche, à nouveau elle baisse la voix jusqu'à un chuchotement tonitruant.

– Vous savez, tout grand monsieur qu'il est, ce X., il me doit quelque chose, à moi, et pas une petite chose. Je lui ai sauvé la vie.

– Vous lui avez sauvé la vie ? Comment cela ?

Elle a un rire enroué :

– Comment cela ? En l'entôlant.

C'était rue de la Pleau. Il était venu là, un après-midi, il l'avait choisie, elle, la belle Rita. C'était de la folie ! Un résistant ! Il fallait vraiment en avoir envie !

– Bien sûr, à ce moment-là, je ne savais pas qu'il était dans la Résistance. Je ne savais pas qui c'était. Je ne l'ai su qu'après. J'ai vu des photos, je l'ai reconnu. Pour moi, ce jour-là, c'était juste un client. Pas un habitué, pas un Allemand, pas un milicien. Juste un type en civil que je ne connaissais pas. J'ai pensé que je ne risquais pas grand-chose. Je lui ai chouravé son portefeuille. Tout de même, je ne sais pas ce qu'il lui a pris de venir là. Il s'est jeté dans la gueule du loup, comme on dit. Il avait dû être dénoncé, ou peut-être que ça paraissait juste suspect, un client ordinaire, dans cet endroit. Bref, la Gestapo est venue l'arrêter, qu'il avait à peine consommé. Dieu sait ce qu'on aurait trouvé, dans son portefeuille ! Certainement de quoi le faire fusiller ou déporter. Pensez donc, docteur, un ponte de la Résistance ! Naturellement, sans papiers, il a dû passer un mauvais moment. Il le passait déjà avant qu'on le sorte de la chambre. Moi aussi, j'ai pris quelques baffes, pour faire bonne mesure. Ils voulaient me faire dire que je le connaissais. Mais ils ont bien vu que non. Et lui aussi, apparemment, ils ont fini par le relâcher.

L'épisode est bien connu. X. raconte volontiers son arrestation par la Gestapo et sa libération presque miraculeuse, mais il raconte à sa façon, sans parler de la belle Rita ni du portefeuille.

– Et ce portefeuille, demande le professeur Dumesnil, contenait-il réellement des documents compromettants ?

Justement, la voisine de Mlle Verjoul n'en a jamais rien su. Elle l'avait caché dans le rebord de l'éclairage indirect, se contentant de soustraire au passage quelques billets qui dépassaient – une misère.

– Je n'osais pas le reprendre tout de suite, après ce qui s'était passé. J'attendais un peu. Mais j'ai trop attendu. Les Allemands sont partis. On m'a arrêtée. Plus question de retourner rue de la Pleau. Ah ! Vous savez tout ce qu'ils m'ont fait, docteur, vous vous rappelez. Si vous n'aviez pas été là...

X., demande encore le professeur Dumesnil, n'est-il jamais venu lui réclamer son portefeuille ? Jamais. Et elle n'a jamais parlé de cette histoire à personne ? À personne, jure-t-elle avec une véhémence excessive. Le professeur l'assure qu'elle a bien fait et l'encourage à persévérer dans le silence. Il se dit qu'il a tout intérêt à faire de même. X., dont dépend la carrière politique à laquelle il songe et à qui il doit sa Légion d'honneur, est, derrière sa jovialité et sa cordialité, un homme ombrageux et secret, qui n'aime pas qu'on en sache sur lui plus qu'il ne veut en dire.

Celle qui fut la belle Rita insiste pour qu'il entre chez elle prendre un petit verre :

– C'est moins gentil que chez Mlle Verjoul, et puis il n'y a pas de plaisir à aller chez une vieille comme moi. Mais tout de même, docteur, je suis si contente de vous avoir rencontré !

Le professeur Dumesnil consulte sa montre d'un air soucieux, secoue la tête, prétexte ses obligations, ses visites, son métier. Elle comprend bien, elle l'approuve gravement, soudain humble. La prochaine fois, alors…

– Parce que vous reviendrez avant longtemps, même si ce n'est pas pour moi !

En sortant, Dumesnil s'amuse de la petite révélation que vient de lui faire cette femme. Dire que c'est X. qui l'a fait libérer, sans la voir, bien sûr, sans savoir que c'était elle !

Dans la rue, le premier objet qui frappe son regard est la hideuse voiture de Rébeyrol, que cet imbécile s'évertue vainement à faire démarrer. C'est lui, le coupable ! C'est lui qui fait depuis des heures ce bruit d'enfer et qui est responsable de sa petite défaillance sur le divan de Mlle Verjoul !

Avec une parfaite urbanité, le professeur Dumesnil propose à Émilien Rébeyrol de le raccompagner chez lui.

⁂

Journal d'Émilien Rébeyrol
Vendredi, 26 octobre 1956

Ce soir, Peiresc a dîné à la maison, à la fortune du pot. Marie-Thérèse m'a reproché d'avoir lancé cette invitation avant-hier, au lycée, sans la consulter. Elle trouvait le jour mal choisi. Un vendredi ! Il ne lui restait plus qu'à espérer qu'il y aurait du poisson convenable au marché des Carmes. Je lui ai fait observer que l'expression « à la fortune du pot » signifie qu'on ajoute une assiette et que l'invité accepte de partager en toute simplicité le repas familial. Elle m'a répondu que je serais le premier à protester si elle servait à mon ami Peiresc des œufs au plat et des nouilles. Elle n'a pas entièrement tort. Notre table ne peut certainement pas rivaliser avec celle des Fauré de Lavèze, dont Peiresc semble devenu un habitué, mais enfin il faut ce qu'il faut. Au demeurant, Marie-Thérèse avait tort de s'inquiéter. J'étais certain qu'elle trouverait au marché des Carmes un excellent poisson qu'elle accommoderait parfaitement, et c'est ce qui s'est passé.

Nous sommes, Peiresc et moi, revenus directement ensemble du lycée à la maison. J'étais un peu embarrassé. J'avais pris soudainement idée d'inviter Peiresc précisément pour lui montrer que je ne l'étais pas, alors qu'il venait à nouveau de mettre la conversation, en ricanant, sur mes recherches au musée Labit. J'entendais le convaincre que je n'avais rien à cacher, que je n'étais nullement gêné de le convier à passer la soirée chez moi, en compagnie de Marie-Thérèse, et qu'il pouvait bien parler en sa présence de ce qu'il voulait. J'espérais cependant qu'il aurait le tact de ne pas mentionner la rue du Japon, mais je m'étais placé moi-même dans l'impossibilité de le lui demander, et avec lui, on n'est jamais sûr de rien.

Rue du Languedoc, juste avant d'arriver, il m'a dit brusquement :

– Au fond, tes recherches ne passionnent pas Marie-Thérèse.

– Qu'est-ce qui te le fait croire ? lui ai-je demandé, un peu piqué.

– Je ne sais pas, une impression. Mais je me trompe peut-être. Alors, tu crois que les armures de samouraïs peuvent l'intéresser ?

– Non, certainement pas, tu as raison, ai-je vivement répliqué.

J'étais mortifié, mais rassuré.

Nous étions déjà rue Philippe-Féral et nous nous apprêtions à franchir le porche. Mais nous avons dû nous effacer pour laisser passer une voiture qui entrait au même instant dans la cour. C'était la Traction avant 15 CV de Maître Fauré de Lavèze, conduite par une jeune personne en qui Peiresc a reconnu, avec un plaisir évident, sa fille Anne. Elle ramenait chez elle Mlle de Cantelou. Nous avons rejoint ces dames tandis qu'elles descendaient de la voiture. Peiresc s'est aussitôt lancé dans une conversation animée avec Anne Fauré de Lavèze, ce que voyant, Mlle de Cantelou nous a proposé d'entrer un instant chez elle. Peiresc a accepté avec empressement et je n'ai pu que suivre le mouvement.

Au bout de quelques instants passés dans le salon de Mlle de Cantelou, je commençais à me demander ce que je faisais là. La vieille demoiselle me parlait aimablement à sa manière habituelle, vive, directe et bien élevée, mais elle me traitait de façon plus formelle que les deux autres. Pour Anne Fauré de Lavèze, cela n'a rien d'étonnant. Elle la connaît depuis sa naissance et la traite comme sa fille ou plutôt, signe d'une intimité presque plus grande encore, comme sa nièce ou sa filleule chérie. La jeune fille va et vient dans son appartement comme si elle était chez elle. Elle faisait les honneurs du salon, est sortie pour aller saluer longuement la vieille Eulalie à la cuisine, est allée d'elle-même dans la chambre de Mlle de Cantelou chercher un châle qu'elle a, malgré ses protestations, placé d'autorité sur les épaules de sa vieille amie. Mais j'ai été surpris de voir celle-ci traiter Peiresc comme un familier. Se sont-ils liés d'amitié lors du fameux dîner chez les Fauré de Lavèze ? Ou Mlle de Cantelou aime-t-elle tellement Anne Fauré de Lavèze qu'elle se sent immédiatement proche de quelqu'un qui lui est visiblement cher ?

Car Peiresc lui est visiblement cher. Il fallait voir comment elle buvait ses paroles pendant que monsieur pérorait sur les auteurs du programme de la licence (Anne Fauré de Lavèze a passé ces jours-ci avec succès son certificat de français). Il fallait les voir échanger regards et apartés. Le comble a été atteint lorsque la jeune personne a avoué un faible pour Marie-José Neuville, « la collégienne de la chanson », qui exhibe sa double tresse sur la pochette de ses disques. Dieu sait pourquoi, la double tresse a eu le don d'émouvoir Mlle de Cantelou.

Peiresc s'est esclaffé. La titulaire d'une double licence n'avait-elle pas passé l'âge de ce genre de romance ? Et il fredonna en roulant les yeux :

Tu étais le costaud de première classique,
J'étais une cigale au cœur plein de chansons.
Le bac nous paraissait l'examen diabolique
Qu'il fallait réussir pour le qu'en-dira-t-on.

Vraiment, Peiresc ne craint pas le ridicule ! Il a mon âge, il est quadragénaire, et il fait le joli cœur devant une demoiselle qui, certes, n'est plus une collégienne, a coupé ses tresses et a passé son bac, mais qui n'a pas beaucoup plus de vingt ans. Au moment où je me faisais cette réflexion, son regard a croisé le mien et il a souri d'un air à la fois entendu et moqueur. Je me suis senti rougir. J'avais l'impression qu'il saisissait ma pensée et me répondait silencieusement que Mlle Verjoul est certes l'aînée d'Anne Fauré de Lavèze, mais qu'elle n'en est pas moins de beaucoup notre cadette.

Je préparais une formule pour prendre congé et entraîner Peiresc, car, après tout, c'était tout de même chez nous qu'il dînait, lorsque Mlle de Cantelou a voulu téléphoner à Marie-Thérèse de descendre nous rejoindre. Puisque M. Peiresc dînait avec nous, nous pouvions tous prendre d'abord un doigt de porto avec elle. Au téléphone, Marie-Thérèse, comme je l'avais prévu et comme je l'espérais, s'est excusée de ne pouvoir répondre à cette charmante invitation : le dîner à préparer, les devoirs des enfants à surveiller... Mais voilà que Peiresc s'est chargé gaiement de monter la chercher et s'est fait fort de la ramener de gré ou de force, ce qui s'est en effet produit.

Marie-Thérèse avait fait des manières pour venir, mais une fois là, elle était plus à l'aise que moi. Elle est plus liée que je ne le suis avec Mlle de Cantelou et s'est tout de suite parfaitement entendue avec Anne Fauré de Lavèze. La pension Bertrand (l'aînée des nièces d'Anne Fauré de Lavèze est dans la classe de Chantal), les maîtresses, l'abbé Vinassan, qui, conformément au pronostic du professeur Dumesnil, s'est parfaitement rétabli et est sorti aujourd'hui même de la clinique Saint-Michel : les sujets de conversation ne leur manquaient pas. Elles ont aussi parlé des professeurs de la Faculté des lettres, dont plusieurs sont encore les mêmes que lorsque Marie-Thérèse était étudiante. Non pas tous, hélas. Je ne sais laquelle des deux a évoqué la première le brillant et héroïque Albert Lautman, fusillé par les Allemands en août 44 et dont la rue où se trouvent les Facultés des lettres et de droit porte désormais le nom. Mais presque aussitôt elles se sont tournées toutes deux avec inquiétude vers Mlle de Cantelou, craignant que ne lui fût douloureuse la mention d'un homme mort glorieusement quelques semaines avant la mort ignominieuse de son frère. Mlle de Cantelou ne parle jamais de lui, mais nous savons, sans en connaître le détail, quel a été son destin et il ne fait pas de doute qu'Anne Fauré de Lavèze, dont la famille est si proche des Cantelou, est sur ce sujet mieux informée que nous. Peiresc a dû éprouver la même gêne, car il a bien vite détourné la conversation, avec un tact que je dois reconnaître.

L'heure du dîner était venue, et c'est Marie-Thérèse qui s'attardait, oubliant la surveillance de son fameux poisson. Nous avons enfin regagné nos pénates et j'ai été heureux de me retrouver chez moi, faisant les honneurs de ma table, servant à Peiresc, pour accompagner le poisson, un Gaillac léger mais agréable, qui m'a donné l'occasion de placer quelques plaisanteries aux dépens du chanoine Nègre et de ses travaux assommants sur la toponymie du canton de Rabastens. Je pouvais enfin parler des sujets qui me tiennent à cœur, et je ne m'en suis pas privé. Peiresc et Marie-Thérèse elle-même m'écoutaient, m'a-t-il semblé, avec plus d'intérêt et plus de bienveillance que de coutume. Lorsque Peiresc est parti, j'étais, en somme, content de ma soirée.

Cette satisfaction a malheureusement été gâtée, tout de suite après le départ de Peiresc, par Michel et Chantal, qui auraient dû être couchés depuis longtemps, mais ne l'étaient pas encore. Tous deux étaient ravis de cette entorse à la discipline et infiniment reconnaissants à notre hôte, qui en était la cause. Ils étaient un peu excités et bavardaient à tort et à travers. À tort et à travers est bien le mot. Ne m'ont-ils pas assuré tous deux, avec un bel ensemble, que M. Peiresc est un poète ? Cette remarque m'a surpris et agacé. Qu'en savent-ils ? Savent-ils seulement ce qu'est un poète ? Et surtout comment le savent-ils ? Qui le leur a dit ? J'ai eu un instant la tentation de le leur demander, mais je me suis ravisé. À quoi bon leur donner l'impression que j'attachais de l'importance à leur babillage ridicule ? Je leur ai intimé l'ordre de cesser de dire des bêtises. Leur mère leur avait déjà enjoint plusieurs fois d'aller au lit. Ils étaient priés d'obéir, et plus vite que cela.

Se pourrait-il, pourtant, que la réputation de Peiresc comme poète fût si grande ? Leur a-t-on parlé de lui à l'école ? Tout cela pour une malheureuse plaquette publiée à compte d'auteur, où le talent se remarque moins que la facilité complaisante.

VII

Depuis que le portefeuille de X. était en sa possession, Mlle de Cantelou observait une sorte de rituel autour des deux documents qui la touchaient de si près et qui la troublaient si fort, la carte de visite de son frère et le papier où se lisaient le surnom de Boulou et quelques mots écrits de la main de Xavier Fauré de Lavèze.

La carte de visite était sur sa table de nuit, à côté de son chapelet et de son paroissien. Elle était certaine ainsi de ne pas oublier son pauvre frère dans ses prières. À vrai dire, elle avait toujours scrupuleusement prié pour lui, sans avoir jusque-là besoin d'une carte de visite pour la rappeler à ce devoir. Elle le savait au fond d'elle-même parfaitement et s'accusait parfois devant le Seigneur d'être induite par cette relique profane à une complaisance excessive envers des souvenirs tendres et douloureux.

Quant au papier énigmatique, il n'avait pas quitté le portefeuille, mais elle ne pouvait s'empêcher de l'en tirer chaque jour pour inlassablement le relire et le scruter.

Le lendemain du jour où Anne, son ami Peiresc et les Rébeyrol avaient pris chez elle un verre de porto, autrement dit le samedi 27 octobre au matin, Mlle de Cantelou, quand elle voulut pratiquer son rite quotidien, s'aperçut que le fameux papier avait disparu du portefeuille de X.

L'avait-elle égaré ? Elle avait pu se déplacer dans la pièce, voire dans l'appartement, en le tenant à la main et, soudain appelée par quelque obligation, l'avoir posé distraitement quelque part. Mais elle ne se déplaçait jamais dans la pièce, encore moins dans l'appartement, ce papier à la main. Elle le tirait du portefeuille, le contemplait ou le relisait pendant quelques instants, immobile, et le remettait immédiatement à sa place. Elle avait une conscience trop aiguë de son caractère inquiétant, compromettant, dangereux, pour agir autrement, même dans un moment de distraction.

Quant au portefeuille, il était dans le tiroir de sa table de nuit. Ce n'était pas une cachette. C'était même probablement le premier endroit où un visiteur indélicat irait le chercher. Elle le savait bien. Mais lorsque Mlle Piron-Blanchard et elle avaient débattu de l'endroit où le dissimuler au cours de la conversation qu'Émilien Rébeyrol avait surprise par le conduit de la cheminée, elles n'étaient parvenues à aucune décision et les choses en étaient restées là. D'ailleurs, Mlle de Cantelou pensait naïvement et courageusement qu'il n'y avait pas de lieu plus sûr que sa chambre, car si c'était la première pièce qu'un voleur songerait à visiter, c'était aussi celle où il la trouverait, prête à se défendre. Malgré le mystérieux cambrioleur que les Rébeyrol avaient surpris chez eux en plein jour, elle n'imaginait de vol que nocturne. Le Seigneur ne nous a-t-il pas prévenus qu'il reviendra au cœur de la nuit, comme un voleur, nous invitant à rester éveillés pour ne pas nous laisser surprendre ? Si le Seigneur dit que les voleurs opèrent de nuit, c'est qu'ils opèrent de nuit : on peut Lui faire confiance en toute chose. Que le voleur intéressé par le portefeuille de X. ose donc s'introduire dans sa chambre la nuit : il aurait affaire à elle !

Mais à quoi bon ces considérations ? Le papier a disparu. Certes, Madeleine Piron-Blanchard, toujours méthodique et minutieuse, en a fait une copie soigneuse. Mais cette copie n'est qu'un souvenir. Elle ne fait foi de rien. Et faut-il que l'original soit compromettant pour qu'on l'ait dérobé ! Car on l'a dérobé, cela ne fait pas de doute. Hier encore, il était à sa place. Mais qui a pu… ?

Qui ? Mlle de Cantelou frémit. Qui, hier soir, a circulé librement dans son appartement, sans éveiller le moindre soupçon, sans que personne n'y prête attention ? Qui a quitté longuement le salon sous prétexte d'aller échanger quelques mots avec Eulalie ? Qui est allé dans sa chambre lui chercher un châle ? Anne Fauré de Lavèze !

Oui, Anne ! Qui d'autre qu'Anne a pu faire disparaître ce papier ? Mais pourquoi Anne ? Que peut-elle avoir à faire avec toutes ces histoires ? À la Libération, elle avait dix ans. Mais Anne est la fille de Xavier Fauré de Lavèze, la fille de Boulou. Se peut-il qu'elle ait agi pour le compte de son père, à sa demande ou sur son ordre ? Non content d'avoir commis des turpitudes (car le vol du papier est un aveu), Xavier a-t-il osé mêler son enfant à tout cela, la salir de cette boue ?

A-t-il commis des turpitudes ? Voilà un mot bien fort. Elle est trop scrupuleuse pour le maintenir, alors qu'elle ne sait rien. L'abbé de Sérac et son chef de réseau, ce M. Kopf, le collègue de Rébeyrol, n'ont rien pu lui apprendre. Ils ne s'expliquaient pas plus qu'elle la présence d'une carte de visite de son frère Arnaud dans le portefeuille de X. Il est vrai que, de leur propre aveu, ils n'ont été que très brièvement en contact avec X. Dans leur souvenir, il n'est arrivé à Toulouse que peu de temps avant la libération de la ville. Il n'appartenait pas au même réseau qu'eux. Et puis, ils ont suivi ensuite des voies si différentes ! Bien que l'abbé de Sérac et Kopf se soient bien gardés de s'exprimer en ces termes et même de le suggérer, il est clair que X. s'est très vite servi de sa gloire pour s'élever vers le pouvoir, tandis que le séminariste et le jeune professeur, leur tâche accomplie, estimaient naturel de rentrer dans l'ombre.

Mais il est vrai que Mlle de Cantelou n'a montré à l'abbé de Sérac et à Kopf que la carte de visite et le portefeuille. Elle n'a pas soufflé mot du papier. Elle ne voulait pas compromettre Xavier. Quelle sottise ! C'est ce papier et lui seul qui pouvait les éclairer, comme c'est lui et lui seul qui constitue la véritable énigme. Elle ne voulait pas compromettre Xavier ! Elle devinait bien, sans oser se l'avouer, qu'il était compromis ! Des turpitudes : le mot est peut-être trop fort. Après tout, elle ne sait rien. Mais le vol d'hier soir apporte la preuve que ce papier le compromet.

Car tout se tient. Ses soupçons se sont déjà portés, il y a quelques jours, sur Xavier Fauré de Lavèze, le seul à pouvoir se douter qu'elle détient le portefeuille, parce qu'il est le seul qui ait pu voir Madeleine Piron-Blanchard le ramasser. Dire qu'il a suffi, pour qu'elle les écarte, d'un dîner rue Perchepinte, où elle s'est laissé prendre à la comédie de l'amitié ! Quelle naïve, quelle sotte elle a été !

Mlle de Cantelou est si troublée que la tête lui tourne. Elle doit s'asseoir dans le fauteuil Voltaire de sa chambre. Les palpitations dont elle souffre parfois la reprennent. Elles inquiètent, elle le sait, le professeur Dumesnil, qui l'exhorte sans cesse à se ménager et à se soigner enfin sérieusement, conseil qu'elle n'a, bien entendu, jamais suivi. Elle appelle Eulalie qui, à sa demande, lui apporte un verre d'eau, mais ne sait pour le reste que gémir de la voir aussi faible. Elle se lève, va jusqu'au téléphone et appelle Madeleine Piron-Blanchard. Dix minutes plus tard, l'efficace Mlle Piron-Blanchard est à ses côtés et, avant toute chose, la contraint à s'allonger sur son lit et à rester un moment silencieuse, sans bouger, à respirer calmement. Ensuite seulement elle consent à l'entendre.

À peine a-t-elle commencé à lui exposer la situation qu'on sonne de nouveau à la porte. C'est le professeur Dumesnil qui, tout juste rentré la veille au soir d'un court voyage à Paris, s'empresse de lui rendre visite et de prendre de ses nouvelles. Mlle Piron-Blanchard va à sa rencontre et le trouve dans l'entrée aux prises avec Eulalie, qui lui explique que Mademoiselle est malade et ne reçoit pas.

– Que vous êtes sotte, ma pauvre Eulalie ! C'est bien parce que Mademoiselle est malade qu'elle doit recevoir son médecin. Ah ! Monsieur le professeur, c'est le ciel qui vous envoie. Je m'apprêtais à vous téléphoner. Venez vite, on a besoin de vous.

Un quart d'heure plus tard, la maison a retrouvé son calme. L'examen de Mlle de Cantelou n'a rien révélé d'alarmant. Elle a visiblement éprouvé une émotion brutale, ce qui, étant donné l'état de son cœur, n'est pas une bonne chose, mais tout est à présent rentré dans l'ordre. Le professeur, assis à son chevet, vient de lui administrer un sédatif léger.

En se levant, il jette par hasard un regard sur la table de nuit et y voit la carte de visite du chef d'escadron de Cantelou. Il pousse une exclamation. Quelle coïncidence ! En venant chez Mlle de Cantelou, il se demandait justement s'il pouvait, sans réveiller son chagrin, lui répéter une confidence de X., que son voyage à Paris avait pour but de rencontrer et qui, soit dit en passant, l'a reçu longuement et de la façon la plus flatteuse.

– Vous trouvant aussi agitée et fatiguée, j'avais résolu de me taire. Mais la vue de cette carte de visite... Je ne sais cependant...

– Parlez, parlez, mon cher. Du côté de ce pauvre Arnaud, je crois avoir épuisé toute la souffrance dont j'étais capable. Je ne crains rien de pire que ce que j'ai enduré. Parlez donc. Que vous a dit X. ? Vous a-t-il révélé un crime inédit de mon frère ?

– Tout au contraire. Il considère que le chef d'escadron de Cantelou lui a sauvé la vie.

Devant l'incrédulité de la vieille demoiselle, le professeur Dumesnil s'explique, en s'abstenant toutefois de révéler comment X. en est venu à lui parler du commandant de Cantelou. La vérité est qu'il a été un peu grisé par l'accueil que lui a réservé le ministre. Certes, ils se connaissent depuis 1944, certes le professeur Dumesnil est un notable à Toulouse et un militant important du petit parti de X. Mais tout de même, cette familiarité cordiale et même affectueuse, ce ton de confidence et d'entente secrète, ce respect évident pour les qualités intellectuelles du professeur, cette attention approbatrice portée à ses analyses et à ses opinions sur tous les sujets, ces promesses à peine voilées pour les prochaines élections, que X. croit lui aussi, tout membre du gouvernement qu'il est, plus proches qu'on ne pense, car, entre nous, on ne pourra pas indéfiniment laisser pourrir la situation... Enhardi par un double cognac et par un excellent cigare dont les volutes montaient vers les ors du plafond ministériel, le professeur Dumesnil a voulu se mettre au diapason de la familiarité confiante de son interlocuteur. Puisque leur conversation avait fait resurgir les souvenirs de la Libération, il n'a pu s'empêcher de lui répéter les propos de la belle Rita.

Le grand homme a daigné s'en amuser et, sans fournir d'explication sur sa présence dans la maison de la rue de la Pleau, lui a confirmé qu'il s'y était bel et bien fait « entôler » et que cela avait peut-être été une chance pour lui.

– À vrai dire, a-t-il poursuivi, mon portefeuille contenait un talisman, mais je doute qu'il eût été assez puissant pour me sauver.

Ce talisman, c'était la carte de visite du chef d'escadron de Cantelou. Comment se l'était-il procurée ? C'est bien simple. Fin juillet 44, il était un jour place Wilson, à la terrasse du Capoul, attendant un contact. À la table voisine était installé devant un Dubonnet, qui n'était peut-être pas son premier Dubonnet, un petit monsieur sec et strict, à la moustache grisonnante, la rosette de la Légion d'honneur à la boutonnière, que sa mise, sa tenue, ses attitudes désignaient avec une insistance voisine de l'ostentation comme un officier en civil. Les propos du petit monsieur ne le laissaient d'ailleurs pas ignorer, car, bien que seul à sa table, il parlait à la cantonade, prenait ses voisins à témoin du bien-fondé de ses propos et arrêtait le garçon pour lui tenir de longs discours chaque fois que ce malheureux passait à proximité sans avoir la présence d'esprit ou la possibilité de l'éviter.

Le petit monsieur amateur de Dubonnet jurait qu'il ne lâcherait jamais le Maréchal. Ils pouvaient bien tous filer comme des rats et retourner leur veste parce que cela sentait le roussi. Débarquement ou pas, lui, il n'avait qu'une parole. Une seule parole, monsieur, sa parole d'officier : il serait fidèle à la France et au Maréchal jusqu'à la mort. Et, élevant encore la voix, agitant sa canne, il mettait les terroristes, les juifs et les francs-maçons au défi de le faire taire.

X. était pour lui une victime toute désignée, puisqu'il était à la terrasse son voisin le plus proche. Il le prenait sans cesse à témoin et finit par s'adresser exclusivement à lui. La situation de X., dont les papiers étaient faux, les activités clandestines et qui s'attendait d'un instant à l'autre à voir arriver son contact, ne lui permettait ni de se dérober ni d'attirer défavorablement l'attention de ce pétainiste loquace et vindicatif. Priant le Ciel pour que son contact soit en retard, pour qu'il comprenne de loin la situation ou pour qu'il ait une faconde et une présence d'esprit à toute épreuve, il entra dans le jeu du petit monsieur et engagea la conversation. Il le fit si adroitement que son interlocuteur se prit rapidement pour lui d'une grande affection (« La France aurait besoin de plus de jeunes gens comme vous, monsieur »). Au Dubonnet suivant, ils échangèrent leurs cartes. Celle de X. était au nom d'Armand Duval, représentant en vins et spiritueux. Celle du petit monsieur le présentait avec une parfaite bonne foi comme le chef d'escadron Arnaud de Cantelou.

Là-dessus, la Milice avait débarqué pour un contrôle. Ils étaient quatre, le béret sur l'oreille, jouissant avec brutalité des derniers jours de leur pouvoir, Ils dévisageaient longuement les consommateurs avec une impassibilité menaçante, renversaient les verres comme par mégarde, laissaient tomber les cartes d'identité à terre au lieu de les rendre. Arrivés à la table du petit monsieur, ils s'étaient mis au garde-à-vous et avaient salué. Le chef d'escadron de Cantelou les avait congédiés en leur déclarant avec hauteur que ce monsieur était avec lui. Ils avaient salué à nouveau et étaient partis.

Édifié, X. avait gardé la carte de visite dans son portefeuille, pensant qu'elle pouvait lui être utile un jour prochain. Et puis le portefeuille s'était volatilisé rue de la Pleau. Mais ce jour-là, au Capoul, le chef d'escadron de Cantelou l'avait – certes involontairement – tiré d'un bien mauvais pas.

Bien entendu, le professeur Dumesnil ne rapporte pas l'anecdote à Mlle de Cantelou dans ces propres termes. Il ne révèle pas où X. s'est fait voler son portefeuille. Il se contente de dire qu'il n'a pas eu l'occasion d'utiliser la carte de visite du chef d'escadron de Cantelou, car son portefeuille lui a été subtilisé peu après. Il passe sous silence les commentaires du ministre sur la personnalité et le comportement de la vieille culotte de peau pétainiste à côté de qui la malchance avait voulu qu'il fût attablé au Capoul. Il laisse entendre que le commandant n'était peut-être pas dupe : X. se demande, dit-il, s'il ne l'a pas sauvé des griffes de la Milice par un mouvement d'humanité. Troublée par ce récit, émue par la moindre phrase qui semble excuser ou racheter un peu son frère, Mlle de Cantelou laisse échapper que la carte de visite qui est sur sa table de nuit est celle-là même que son frère a donnée à X.

Elle regrette immédiatement sa confidence et comprend sa bévue en voyant l'air mécontent de Mlle Piron-Blanchard. Si la carte de visite qui est sur sa table de nuit est celle du portefeuille, c'est que le portefeuille a été retrouvé et qu'il est en sa possession. C'est comme si elle l'avait dit en ces propres termes au professeur Dumesnil. La conséquence est que, ce portefeuille, il va falloir le restituer à X. Or il y manque désormais un papier dont il se souvient certainement, un papier dont elle ne sait pas pour qui ni pourquoi il est compromettant, mais qui l'est à l'évidence, puisqu'il a disparu. Ce qui est évident aussi, hélas, c'est qu'il est compromettant pour quelqu'un qui lui est proche. On le lui a dérobé chez elle, dans le tiroir de sa table de nuit. La tentative de cambriolage chez les Rébeyrol a probablement un rapport avec lui, sans parler de l'agression dont a été victime le pauvre abbé Vinassan en sortant de chez eux.

Mais compromettant, ce papier ne le serait-il pas pour X. lui-même ? Dans le récit qu'il a fait au professeur Dumesnil de sa rencontre avec le commandant de Cantelou, X. a spécifié, à en croire Gaston Dumesnil, qu'il avait sur lui de faux papiers et qu'il a remis à Arnaud une carte de visite portant le nom d'Armand Duval. Or le portefeuille trouvé rue de la Pleau contenait des papiers à son vrai nom. Comment Mlle Piron-Blanchard et elle auraient-elles pu, sinon, l'identifier comme le sien ? Elles l'ont reconnu sur les photographies de ces papiers parce qu'elles savaient que c'était lui. Elles n'auraient pas songé d'elles-mêmes à chercher sur de mauvaises photos d'identité vieilles d'une douzaine d'années et trouvées dans une maison de passe une ressemblance avec un ministre en exercice. Ou bien X. avait cherché à se faire valoir aux yeux de Dumesnil et à exagérer les dangers qu'il avait courus en prétendant faussement avoir vécu à Toulouse sous une fausse identité. Ou bien il avait éprouvé le besoin d'avoir sur lui ses véritables papiers justement le jour où il était allé rue de la Pleau, ce qui était encore plus suspect.

De toute façon, X. est suspect. De toute façon, Mlle de Cantelou est en droit de supposer que c'est lui que le papier compromet. Ne serait-ce pas lui qui aurait essayé de le récupérer ? Un ministre a les moyens de trouver des hommes de main !

Oui, mais comment pouvait-il savoir que son portefeuille avait été retrouvé ? Et puis, dans ce cas, aurait-il reconnu si facilement se l'être fait voler, ce portefeuille, même s'il semble avoir caché que cela s'était passé rue de la Pleau ? Quel besoin avait-il d'en parler au professeur Dumesnil ?

À moins que le professeur lui-même… À moins que ce ne soit lui qui ait découvert le portefeuille lorsqu'il soignait Mlle de Cantelou de son entorse, qui en ait parlé à X., qui ait reçu de lui et exécuté l'ordre de subtiliser le papier dangereux. Il connaît si bien l'appartement, il entre si souvent dans cette chambre ! N'aurait-il pas trouvé un moyen de s'y introduire hier ? Il en aurait eu le temps : de son propre aveu, il est rentré de Paris la veille au soir. L'homme de main de X., ne serait-ce pas lui, qui lui est si dévoué, qui espère tant faire grâce à lui une carrière politique ?

Mais, à la réflexion, il ne pouvait pas savoir que le portefeuille était entre les mains de Mlle de Cantelou. Car lorsque Madeleine Piron-Blanchard lui en parlé et le lui a remis, l'entorse était déjà en voie de guérison et Mlle de Cantelou recevait le professeur Dumesnil au salon. Elle est certaine qu'il n'a plus mis les pieds dans sa chambre depuis que le portefeuille s'y trouve.

Non, hélas ! Il lui faut se rendre à l'évidence. Tous les indices vont dans le même sens. Xavier Fauré de Lavèze était présent quand Madeleine Piron-Blanchard a ramassé le portefeuille et Anne s'est promenée seule dans l'appartement juste avant la disparition du papier où se lisaient le surnom enfantin de son père et les deux mots « Père Louis » écrits de sa propre main.

⁂

Journal d'Émilien Rébeyrol
Samedi, 27 octobre 1956

Une heure de cours le samedi matin ! Je dois m'arracher à mes recherches et me rendre au lycée pour une heure de latin, de 10 heures à 11 heures ! Voilà comment on traite un agrégé de grammaire !

Ce matin, en sortant de ce cours, je me suis attardé un moment dans la salle des professeurs. Marie-Thérèse m'avait demandé de ramener les enfants de l'école, et je n'avais nulle envie d'arriver en avance à la porte de la pension Bertrand, où je serais le seul père à attendre sa progéniture, au milieu d'une nuée de mères. Plutôt arriver au dernier moment, voire un peu en retard. Les enfants n'en mourraient pas.

La salle des professeurs n'avait pourtant, à ce moment, rien d'un havre de paix. Les éclats de voix s'entendaient depuis le couloir. Lorsque j'ai ouvert la porte, Labège et Raspetti se défiaient, debout au milieu de la pièce, et j'ai cru qu'ils allaient en venir aux mains. Chacun avait ses partisans, qui l'encourageaient bruyamment, tandis que d'autres, vautrés dans les fauteuils, affectaient un détachement ironique.

Labège est un professeur d'allemand communiste, qui chaque année essaie en vain de persuader Chervieux de laisser ses élèves monter une pièce de Brecht pour la fête du lycée et qui rêve d'organiser des voyages de classe en Allemagne de l'Est. Heureusement, les difficultés politiques et administratives sont insurmontables. Il se contente d'emmener ses jeunes germanistes à Düsseldorf. Au retour, il fait connaître les dernières turpitudes des revanchards de Bonn, met en garde contre le réarmement allemand, auquel l'infâme Adenauer travaille dans l'ombre avec la complicité de Guy Mollet, et ricane sur l'américanisation des nouveaux modèles Mercedes, dont les ailerons chromés surplombent le vaste coffre. Les événements qui se déroulent ces jours-ci en Hongrie, où la population s'est insurgée contre la tutelle soviétique, l'embarrassent. Il a beau jurer que Nagy, cette vipère lubrique, est vendu aux Américains, le cœur n'y est pas.

Mais ce matin, son éloquence trouvait ailleurs son inspiration. Le déclenchement d'une opération militaire franco-britannique en Égypte paraît cette fois imminent. Il s'agit de contraindre le colonel Nasser à restituer aux deux puissances les droits sur le canal de Suez dont il les a spoliés. Labège tonnait contre cette guerre d'agression cynique dictée par les intérêts capitalistes. En même temps, il s'emportait contre l'arraisonnement par la chasse française, il y a moins d'une semaine, de l'avion que le roi du Maroc avait mis à la disposition de Ben Bella et des trois autres chefs du F.L.N., et contre leur arrestation à peine l'appareil contraint à se poser.

Raspetti lui tenait tête avec une chaleur égale. C'est un professeur d'histoire, qui voit dans la perte de l'Indochine, dans l'indépendance de la Tunisie et du Maroc et dans les menaces qui pèsent sur le reste de l'Empire colonial français une catastrophe nationale bien pire que la défaite de juin 40. Les événements d'Algérie le mettent hors de lui. L'Algérie, ce sont des départements français. La Méditerranée traverse la France comme la Seine traverse Paris ou la Garonne Toulouse. Il faudrait, dit-il, pour rétablir l'ordre, utiliser les grands moyens, placer un bataillon, sinon un régiment, dans chaque douar. Et qu'on ne vienne pas lui parler d'oppression et de violence, alors qu'il ne s'agit que de défendre la France et de protéger des Français ! Au moment où je suis entré, il envoyait à la tête de Labège, qui avait dû se risquer sur ce terrain, les horreurs du communisme : les purges de Staline, le procès des blouses blanches, les camps. Lui, Raspetti, n'inventait rien : il s'en tenait aux sources communistes elles-mêmes. Labège aurait-il le front de démentir les révélations du camarade Khrouchtchev devant le XXe Congrès ? N'aurait-il plus confiance dans la parole de Moscou ?

Labège se défendait par l'attaque : et les tortures en Algérie ?

– Parlons-en, de la torture ! s'étranglait Raspetti.

Il cherchait à se dominer, à parler avec calme. Fallait-il se laisser égorger sans se défendre ? Fallait-il laisser les terroristes commettre leurs attentats sans essayer de les prévenir, de les déjouer ? Un simple exemple : un attentat aveugle tuait des innocents, des femmes, des enfants. L'interrogatoire un peu musclé d'un suspect aurait pu l'empêcher. Mais une belle âme s'y était opposée. Sur qui devait retomber le sang des victimes ?

Et puis d'abord, quelles tortures ? Qui torturait ? Le beau-frère de Raspetti est colonel de gendarmerie. Raspetti parlait des photos que l'on montrait aux gendarmes, et que son beau-frère lui avait décrites. Des photos qui montraient les cadavres de soldats français tombés aux mains des fellaghas : nus, émasculés, les couilles dans la bouche.

– Des petits gars du contingent, des gamins, qui se retrouvaient comme cela dans les Aurès, qui ne demandaient rien à personne.

– Justement, répondait Labège, pourquoi envoie-t-on des petits gars du contingent, comme cela, dans les Aurès ? C'est cela, qui est criminel !

Kopf, qui corrigeait des copies à l'écart, s'est approché brusquement :

– Ce qui est criminel, a-t-il dit d'une voix blanche, c'est de faire circuler des photos pareilles dans les casernes de la gendarmerie. C'est encourager la violence, la vengeance. Comment espérer, après cela, que les forces de l'ordre se conduisent avec sang-froid ? Nous ne sommes pas responsables de ce que fait le F.L.N. Mais nous sommes responsables de ce que nous faisons, nous. Comment supporter que l'armée française, que la police française pratiquent la torture ? Or, la torture, on la pratique depuis le premier jour. Nous le savons très bien. Comment ne pas imaginer avec horreur ce qui se passe en secret quand on voit ce qui se passe en public ? Tenez, l'autre jour…

L'autre jour, près des Ponts jumeaux, il y avait un attroupement. Kopf s'est approché. Des hommes maintenaient par le collet un Arabe qu'on avait surpris en train de voler dans une voiture. On le tirait par les cheveux pour qu'il relève la tête. On lui envoyait des baffes. Une femme lui a craché dessus. Un homme en imperméable a écarté la foule en criant qu'il était de la police et en brandissant une carte tricolore. Il a exigé qu'on lui remette l'homme.

– J'ai cru que c'était pour l'arracher à la foule, pour l'empêcher d'être lynché. J'étais naïf. C'était pour le frapper tout seul. Lui, il avait le droit de le frapper. Et il en a usé, de ce droit, sous les applaudissements ! Il l'a frappé, son Arabe ! Il l'a frappé longtemps, jusqu'à ce que le panier à salade arrive et qu'on y jette l'Arabe inconscient. Ils ont probablement continué à le frapper à l'intérieur. En tout cas, lui, l'homme à l'imperméable, il l'avait frappé comme on n'a pas le droit de frapper un homme. Il les avait peut-être vues, les photos de votre beau-frère.

Et Kopf est retourné à ses copies en répétant à voix basse :

– On n'a pas le droit de frapper un homme comme cela. Et je sais de quoi je parle, figurez-vous.

Il y a eu un silence. Raspetti était furieux, mais Labège n'était pas trop content non plus. Il se serait passé du secours de Kopf, qu'il n'aime pas et dont l'anticommunisme est notoire. Il s'est arrangé pour détourner légèrement la conversation en vitupérant le gouvernement en général, puis en s'en prenant plus particulièrement à Robert Lacoste, le ministre résident en Algérie. C'était une bonne idée. Tout le monde s'est retrouvé d'accord pour accabler Robert Lacoste, bien que les raisons de chacun aient été différentes et même contradictoires. Du coup, il m'a paru élégant de prendre la défense de ce malheureux ministre. Voilà un homme qui n'a pas la tâche facile. Un peu d'équité, un peu de nuance, que diable ! On me regardait avec étonnement. Labège haussait les épaules. Mais je poursuivais avec une flamme que l'arrivée de Peiresc n'a fait qu'attiser. Lui qui dîne chez les Fauré de Lavèze avec le professeur Dumesnil, peut-être aurait-il l'occasion de lui répéter mes propos et de témoigner de mon engagement en faveur d'un gouvernement qui n'a pas tant de défenseurs parmi les « chers professeurs », comme ils disent. Le professeur Dumesnil, qui est du parti de X. et lui est, je crois, personnellement lié, serait certainement heureux de l'apprendre. Je n'oublie pas que, du côté de l'Académie des Jeux Floraux, mes espoirs reposent essentiellement sur lui.

Avec tout cela, le temps avait passé. Quand je suis arrivé à la pension Bertrand, tous les autres enfants étaient partis. Michel et Chantal attendaient seuls, comme s'ils étaient punis, assis côte à côte sur le long banc de bois qui court le long de la grande entrée cochère. Ils boudaient. Chantal, sa petite bouche serrée, le font buté, la tête baissée, s'est levée et m'a suivi sans une parole et sans un regard. Michel, avec une éloquence non dépourvue, je dois en convenir, d'une perfide habileté, a fait valoir qu'il serait en âge de rentrer seul de l'école en veillant sur sa petite sœur. Ils ne s'exposeraient pas, ainsi, à l'humiliation de paraître des enfants abandonnés. Quant à moi, je serais délivré d'une obligation qui, à l'évidence, me pèse et qui est trop futile pour que les graves pensées qui occupent mon esprit me laissent le loisir de m'en souvenir. Je l'aurais giflé avec plaisir s'il avait été à ma portée. Mais il marchait devant moi sur le trottoir étroit de la Grande Rue Nazareth et me débitait ses impertinences en me tournant le dos et en n'offrant à mon regard que sa nuque maigre et ses oreilles décollées.

Nous sommes arrivés à la maison fort mécontents les uns des autres. Dans la cour, Mlle de Cantelou raccompagnait le professeur Dumesnil jusqu'à sa voiture. Pourquoi raccompagner le professeur Dumesnil, qui pourrait être son fils et qu'elle traite comme tel ? Et pourquoi le raccompagner alors qu'elle n'écoutait visiblement pas ce qu'il lui disait ? Elle regardait ailleurs, l'air absent, presque égaré. Au moment où nous franchissions le porche, ses yeux se sont posés sur nous sans nous voir. Quand je l'ai saluée, elle a paru sortir d'un rêve et m'a répondu distraitement. Le professeur Dumesnil, pour sa part, a aussitôt engagé la conversation avec moi sur un ton de familiarité joviale très flatteur, mais un peu inquiétant. Je craignais à chaque instant qu'il fasse allusion à notre rencontre rue du Japon. Aussi me suis-je mis à remercier Mlle de Cantelou avec volubilité pour son hospitalité de la veille. Le sujet, cependant, s'est d'autant plus vite épuisé que mon interlocutrice ne semblait pas d'humeur à l'entretenir. J'ai cru lui faire plaisir en faisant l'éloge de Mlle Fauré de Lavèze. Elle m'a regardé d'un air effaré.

Pour me donner une contenance et ne pas laisser tomber immédiatement la conversation, j'ai alors observé en badinant, sous l'œil goguenard de Dumesnil, que Peiresc trouvait visiblement, lui aussi, cette jeune personne tout à fait charmante. Mlle de Cantelou n'a pas réagi davantage, mais Michel s'est écrié que M. Peiresc était un grand poète, jugement que Chantal a aussitôt confirmé gravement, en des termes strictement identiques à ceux de son frère et en zozotant. On imagine mon mécontentement. Cela faisait deux fois en moins de vingt-quatre heures que Michel et Chantal faisaient cette remarque oiseuse. Et quel besoin de la répéter devant le professeur Dumesnil, qui s'y est aussitôt vivement intéressé et qui a paru la trouver fort spirituelle ? Michel sait pourtant parfaitement que les enfants ne doivent pas intervenir dans la conversation des grandes personnes, à moins d'y être invités. J'ai entrepris de le réprimander sévèrement. Mlle de Cantelou est alors sortie de sa torpeur pour prendre sa défense avec l'indulgence qu'elle manifeste toujours aux enfants. Elle semblait soudain redevenue elle-même. Comment, a-t-elle doucement demandé à Michel, savait-il que M. Peiresc est un grand poète ?

– C'est la maîtresse qui l'a dit.

Telle fut la réponse. J'intervins alors pour suggérer que sa maîtresse avait dû leur parler du grand Peiresc, l'érudit du XVIIe siècle. Le professeur Dumesnil me demanda si j'estimais vraisemblable qu'une institutrice ait eu l'occasion de mentionner ce Peiresc-là devant des élèves de Septième. Il ajouta, en me regardant droit dans les yeux avec une insupportable malice, que le savant aixois n'était pas particulièrement renommé comme poète, tandis que notre ami Raymond Peiresc… Il avait raison, bien entendu, non sur le deuxième point, mais sur le premier. D'autre part, l'âge et la personnalité de Mlle Valence interdisaient de supposer que notre Peiresc aurait pu entreprendre sa conquête en lui envoyant des vers, hypothèse qui eût été vraisemblable dans d'autres circonstances.

Pendant que je méditais cette aporie, Mlle de Cantelou, qui semblait s'amuser presque autant que le professeur Dumesnil, essayait de faire dire aux enfants, dont l'unanimité et la conviction l'avaient frappée, s'ils avaient d'autres raisons que l'opinion de Mlle Valence pour voir en M. Peiresc un grand poète.

– Hier soir, quand M. Peiresc est monté chercher maman, en disant que vous l'aviez invitée et qu'elle devait absolument descendre chez vous pour boire du porto, il lisait un papier en remuant les lèvres et en roulant les yeux. Quand il nous a vus, il l'a vite caché dans sa poche. C'est bien ce que font les poètes ? Papa, par exemple, quand il a fait des vers dont il est tout content, mais il fait semblant de ne pas vouloir les montrer à maman.

C'était la deuxième fois en une demi-heure que j'avais envie de gifler mon fils. Une envie qui devint presque irrésistible quand je vis que Dumesnil pleurait de rire. Mais Mlle de Cantelou ne riait pas. Elle avait de nouveau cet air perdu qui m'avait frappé lorsque j'étais entré dans la cour. Lorsque je lui ai adressé la parole, elle a eu un mouvement d'impatience, puis elle a tourné les talons et elle est rentrée chez elle sans prendre congé de nous. Je me demande si elle n'est pas en train de retomber en enfance.

En montant dans sa voiture, encore tout secoué de rire, le professeur Dumesnil m'a fait compliment et des talents d'observation de mes enfants et de mes dons poétiques. Il croyait jusque-là ne compter qu'un seul grand poète parmi ses connaissances, et voilà qu'il s'en découvrait deux ! Je n'ai qu'un moyen de lui faire passer son ironie : lui montrer mes poèmes. Ou, mieux encore, si je parviens à en écrire quelques-uns de plus, pour que le recueil ne soit pas trop mince, les publier en plaquette. Je suis trop discret et trop modeste pour l'avoir fait jusqu'ici. Trop attaché aussi à la rigueur austère des travaux universitaires. Mais enfin, la dépense d'une plaquette à compte d'auteur n'est pas si grande, et mes poèmes valent bien ceux de Peiresc. Pourquoi lui laisser tout le bénéfice d'une réputation que je mérite autant que lui ?

En fin d'après-midi, Marie-Thérèse a décidé que nous irions en famille rendre visite à l'abbé Vinassan. Il est rentré chez lui, mais les sorties lui sont encore interdites. Nous nous sommes donc rendus, accompagnés des enfants, à l'Institut catholique. L'abbé y dispose, au premier étage, d'un appartement de deux pièces, ma foi assez confortable, qui donne sur la rue de la Fonderie. Première surprise : dans l'escalier, nous avons croisé Mlle Anne Fauré de Lavèze, en larmes, qui descendait en courant et qui a paru ne pas nous voir. Marie-Thérèse a aussitôt pensé qu'elle sortait de chez l'abbé Vinassan et que l'immense chagrin qu'elle semblait éprouver avait à voir avec lui. Elle imaginait déjà que sa blessure à la tête s'était rouverte, qu'il était sorti trop tôt de la clinique, qu'il avait commis quelque imprudence, qu'il avait eu une attaque, une hémorragie cérébrale, une crise cardiaque, que sais-je ? Elle a achevé de gravir l'escalier quatre à quatre et s'est mise à courir le long du large couloir aux tomettes usées. Nous l'avons rejointe alors qu'elle hésitait, immobile et tremblante, devant la porte de l'abbé. De l'intérieur, nous parvenaient des voix animées, parmi lesquelles celle, chaude et rocailleuse, de l'abbé Vinassan était parfaitement reconnaissable.

Un peu rassurée, Marie-Thérèse a frappé. En entrant, deuxième surprise. Dans la pièce qui sert de salon, et sur laquelle donne directement la porte d'entrée, nous avons trouvé Mlle de Cantelou, Mlle Piron-Blanchard, M. et Mme Fauré de Lavèze, l'abbé de Sérac et Kopf, entourant l'abbé Vinassan qui, bien carré dans son fauteuil, le teint vif et le verbe haut, aurait été l'image de la santé sans le pansement qui lui entourait le crâne. Naturellement, il y a eu quelque brouhaha, le temps de saluer à la ronde et d'entendre quelques commentaires flatteurs sur les enfants, leur taille, leur bonne mine et leur bonne éducation. J'ai observé que Kopf et Marie-Thérèse se saluaient avec une sorte de réserve embarrassée et que Marie-Thérèse rougissait légèrement. Cela m'a fait sourire. Si j'étais jaloux, je soupçonnerais qu'une idylle s'est ébauchée entre eux à la fête Saint-Michel, devant les canards en celluloïd.

L'abbé nous a accueillis avec sa cordialité coutumière. Pour une fois, il a paru faire plus de cas de ma présence que de celle de Marie-Thérèse. Il m'a déclaré que c'était la Providence qui m'envoyait en cet instant précis et que tous avaient besoin de mes lumières. Mais il n'a pas daigné nous expliquer ce que toutes ces personnes faisaient chez lui, pas plus qu'il n'a mentionné le départ précipité d'Anne Fauré de Lavèze, qui pourtant venait à l'évidence de quitter cette pièce même et dont il se doutait bien que nous l'avions rencontrée en arrivant.

Il a à peine pris le temps de nous proposer un verre de « vin bon », nom que porte le vin cuit dans ses Corbières natales, avant de se tourner à nouveau vers moi :

– J'ai bien peur que nous ayons identifié votre cambrioleur et mon agresseur. Au fait, l'avez-vous vu, ce cambrioleur, quand vous l'avez si courageusement poursuivi ?

J'ai dû convenir, non sans un peu d'humeur, car j'ai déjà raconté mon histoire bien des fois, en particulier à l'abbé Vinassan lui-même, que je l'avais à peine entraperçu. Cela n'a pas découragé l'abbé de me poser à nouveau des questions dont il connaissait les réponses :

– Vous ne vous êtes pas battus ?

– Non, nous n'en sommes pas venus aux mains. Je le regrette. Je n'aurais pas été fâché de me mesurer à lui et de voir à quoi il ressemblait. Pour tout dire, je me suis lancé trop tard à sa poursuite. J'avoue avoir perdu des secondes précieuses.

– C'est bien compréhensible. Qui ne serait resté paralysé un instant, dans une situation de ce genre ? Mais enfin, l'avez-vous vu, ou non ? Était-ce un homme ou une femme ?

– Un homme, bien sûr ! ai-je répondu.

– Vous en êtes tout à fait certain ? C'est donc que vous l'avez tout de même vu.

– Quand il a enjambé la fenêtre donnant sur le toit, j'ai eu le temps, depuis l'extrémité du couloir où je me trouvais, d'apercevoir une jambe de pantalon.

– Mon pauvre ami, m'a dit l'abbé Vinassan, si vous croyez qu'à l'époque où nous vivons, le pantalon est réservé au sexe fort !

J'ai failli répliquer avec impatience. Ce ton protecteur m'agaçait. Mais un souvenir fugitif, qui en cet instant, Dieu sait pourquoi, me traversait l'esprit, m'a troublé et m'a fait perdre le fil de mes pensées. J'ai pensé à la colère mémorable du proviseur le jour où Mlle Verjoul, sous prétexte que c'était la veille des vacances, s'est présentée au lycée en pantalon : il l'a priée de retourner chez elle se changer, et sur quel ton ! Il faut dire que le pantalon de Mlle Verjoul était un petit corsaire moulant, qui... Le temps de chasser Mlle Verjoul et son pantalon de ma pensée, il était trop tard pour me fâcher.

Mais je n'en étais pas moins irrité. À quoi rimait cet interrogatoire ? Ils étaient tous là, assis en rond, à me regarder, comme s'ils attendaient de moi je ne sais quelle révélation ! Que me voulaient-ils ? M'entendre dire une fois de plus que je ne m'étais pas immédiatement lancé à la poursuite du cambrioleur, que je ne l'avais pas empoigné, que je ne m'étais pas colleté avec lui, que je l'avais laissé filer ?

Et puis, d'abord, qu'est-ce que Kopf faisait là ? L'abbé de Sérac, passe encore. Je suppose qu'il est d'usage de se faire des visites entre ecclésiastiques, et je n'oublie pas que l'abbé Vinassan est convalescent, bien que pour un convalescent, il ne manque ni de tonus ni d'audace. Mais Kopf ! Je l'ai déjà un jour trouvé en compagnie de l'abbé de Sérac dans le salon de Mlle de Cantelou. Sont-ils devenus inséparables, comme les policiers Dupond et Dupont des albums de Tintin et Milou ? Ils forment cependant une paire moins assortie et il est inutile, pour les distinguer l'un de l'autre, d'observer la coupe de la moustache qu'ils ne portent évidemment ni l'un ni l'autre. Qu'on n'aille pas croire que je délaisse mes travaux pour me plonger dans les albums de Tintin et Milou ! Mais Michel en est passionné, à mon désespoir, car je préférerais le voir se livrer à des lectures plus enrichissantes. De temps en temps, je dois sévir et les lui confisquer. J'en profite pour y jeter un coup d'œil.

Mais où ai-je la tête ? J'en étais à l'abbé de Sérac et à Kopf. Qu'est-ce que tout cela voulait dire ? Que me cachait-on ? Kopf et Marie-Thérèse se connaissaient-ils mieux que je ne le croyais ? S'étaient-ils rencontrés ailleurs qu'à la fête Saint-Michel ? Avaient-ils d'autres souvenirs communs que les canards en celluloïd ? Et les autres, Mlle de Cantelou, les Fauré de Lavèze, leur fille, qui un instant auparavant était en leur compagnie et qui l'avait quittée précipitamment pour une raison inexplicable, inexplicablement émue ? S'étaient-ils tous retrouvés là par hasard, ou l'abbé Vinassan les avait-il réunis, convoqués ? Si c'était le cas, pourquoi nous avoir accueillis comme si nous arrivions à point nommé, alors que nous dérangions leur conciliabule ? Pour m'interroger une fois de plus sur notre cambrioleur ? Que pouvais-je leur apprendre de nouveau ?

Et d'abord, c'était l'abbé Vinassan qui avait quelque chose à m'apprendre. N'avait-il pas dit, à notre arrivée, qu'il avait identifié notre cambrioleur et son agresseur, qui sont, bien évidemment, une seule et même personne ? À mon tour de l'interroger !

Il me répondit que les indices étaient trop incertains pour qu'il pût livrer un nom. Il avait compté sur moi pour fournir des éléments capables de confondre le coupable, mais, décidément, j'en avais trop peu vu pour que mon témoignage fût de quelque secours.

Cette fois, j'en ai eu assez. Cette condescendance était insupportable. De toute façon, que faisions-nous là ? Ce cher abbé n'avait pas l'air bien malade et nous avions sotte figure de nous être rendus en famille à son chevet pour y trouver la moitié de la ville et y subir un interrogatoire. Bien entendu, tout le monde dans la pièce connaissait le nom de ce suspect dont l'abbé Vinassan refusait de nous livrer l'identité, alors que nous y sommes tout de même plus intéressés que Mlle de Cantelou et les Fauré de Lavèze, sans parler des duettistes Kopf et Sérac. Malgré les signes de Marie-Thérèse, je me suis levé en déclarant assez sèchement qu'il se faisait tard et que nous devions nous retirer.

VIII

À peine les Rébeyrol sont-ils sortis que le petit groupe qui entoure l'abbé Vinassan semble se refermer, se souder à nouveau. Seul Kopf, l'air absent, fixe encore la porte, sur le seuil de laquelle Marie-Thérèse Vernet – pardon, Rébeyrol – s'est retournée, en partant, pour le saluer d'un signe de tête presque imperceptible. L'abbé Vinassan se penche vers les Fauré de Lavèze :

– En tout cas, notre vaillant médiéviste n'a pas, Dieu merci, poursuivi son cambrioleur d'assez près pour reconnaître votre petite Anne. De toute façon, il n'admettra jamais que c'était une femme, de crainte de jeter une ombre supplémentaire sur son courage déjà quelque peu défaillant. Nous sommes au moins tranquilles de ce côté-là. Je comprends que le comportement de cette enfant chagrine et peut-être même indigne les parents que vous êtes, mais enfin ce n'est pas le plus grave. Le plus grave n'est pas qu'elle ait eu un amoureux, mais que cet amoureux ait été Raymond Peiresc.

Mme Fauré de Lavèze, qui, par fidélité aux principes inculqués par sa mère, ne sort jamais sans chapeau, mais qui, parce que ses goûts sont naturellement simples, réduit cet accessoire à ses dimensions minimales, agite tristement l'étroite côte de melon en velours noir d'où s'échappent ses beaux cheveux blancs :

– Quand je pense que je la trouvais trop sérieuse, de quitter La Vacquerie en plein mois d'août pour rentrer préparer ses examens à Toulouse ! Trop sérieuse ! Préparer ses examens ! J'étais naïve ! Elle allait retrouver son amant ! Moi qui avais une telle confiance en elle ! Moi qui croyais qu'elle était encore ma petite fille, qu'elle me disait tout ! Une telle dissimulation ! Et chez une cheftaine de guides !

Pendant que la pauvre mère s'essuie les yeux, Mlle de Cantelou pose la main sur son bras :

– Mais, ma chère Élisabeth, elle est toujours votre petite fille. Dissimulée, dites-vous ! Quelle jeune fille n'est pas, un jour ou l'autre, un peu dissimulée sur ce chapitre ? Et puis, elle est maintenant si malheureuse ! Elle est la seule victime actuelle de cette vieille et triste histoire, dont notre ami, l'abbé Vinassan, a si subtilement dénoué l'écheveau. Si subtilement, d'ailleurs, que je ne suis pas certaine d'avoir tout saisi.

À quoi bon reproduire intégralement la conversation, au début très confuse, qui s'ensuit et l'intégralité des propos tenus par les uns et des autres ? Qu'il suffise de laisser la parole à l'abbé Vinassan et de résumer sa reconstitution de toute l'affaire.

Raymond Peiresc, au printemps dernier, a séduit Anne Fauré de Lavèze. Elle l'a avoué à ses parents : c'est bien, comme le rappelait amèrement sa mère, pour le retrouver, et non pour travailler, qu'elle est rentrée plus tôt de la campagne. L'appartement des Rébeyrol, dont Peiresc avait la clé et la garde, leur offrait, disait-il, un nid d'amour plus commode que l'hôtel Fauré de Lavèze, scrupuleusement surveillé par un couple de gardiens fidèles, dont la femme monte à toute heure dans l'appartement pour faire le ménage ou surveiller que tout va bien, plus tranquille aussi que son appartement à lui, Peiresc, où il vit avec sa vieille mère.

Dans l'après-midi du lundi 10 septembre, le retour anticipé de la famille Rébeyrol les y a surpris, au moment où ils allaient le quitter. Reconnaissant le hennissement de la Panhard, Peiresc a eu le temps de sortir et de se cacher dans l'escalier à l'étage au-dessus, mais Anne a voulu rentrer au dernier moment dans l'appartement, où elle avait laissé une pièce de vêtement compromettante. Elle s'est trouvée prise au piège, s'est réfugiée dans le bureau où Rébeyrol l'a découverte, et s'est sauvée par la fenêtre, sous son nez et à sa barbe, dans les circonstances que l'on sait, avec un sang-froid, une audace et une agilité bien dignes d'une cheftaine de guides. Malgré la consternation des Fauré de Lavèze, ce vaudeville, comme l'observe une fois de plus l'abbé Vinassan, n'est pas la pire découverte de ces dernières heures.

Le pire est ce que les enfants Rébeyrol, bien innocemment, ont, le matin même révélé à Mlle de Cantelou. C'est Peiresc qui a subtilisé le fameux papier contenu dans le portefeuille de X. C'est ce papier qu'ils l'ont vu lire d'un air absorbé.

Mais pourquoi Peiresc ? Dans son trouble, Mlle de Cantelou, après le départ du professeur Dumesnil, s'est enfin décidée, après avoir consulté Mlle Piron-Blanchard, à parler du papier à l'abbé de Sérac, qui a bien voulu lui rendre visite dès le début de l'après-midi, malgré les inquiétudes qu'inspire l'état de santé du cardinal Saliège, plus faible de jour en jour et dont la fin paraît proche. Faute de l'original disparu, Mlle de Cantelou a pu lui montrer la copie que Mlle Piron-Blanchard avait eu la prudence de faire. Elle a eu raison, car sur un point au moins, l'abbé de Sérac a pu la renseigner. La mention « Père Louis ». ne désignait pas le marchand de vins bien connu des Toulousains, mais lui-même, Louis de Sérac, alors séminariste. Pour le reste, il n'en savait pas plus, les informations dans les réseaux étant très morcelées pour d'évidentes raisons de sécurité, comme il le lui avait déjà dit lors de sa première visite. Il a cependant, une fois de plus, alerté Kopf, qui, après avoir examiné la copie de Mlle Piron-Blanchard, leur a conseillé de s'adresser à l'abbé Vinassan.

De fait, le papier avait été remis à Peiresc, en 1944, par l'abbé Vinassan, qui, lorsque l'abbé de Naurois était parti pour Londres, lui avait succédé à la tête d'une filière qui faisait passer des juifs en Espagne. Peiresc devait entrer en contact avec Maître Fauré de Lavèze, qui, malgré son attachement au Maréchal, avait été si profondément troublé par la lettre pastorale de Mgr Saliège du 23 août 1942 qu'il se chargeait depuis de trouver des cachettes en ville pour des familles juives, en utilisant, dans ces activités clandestines, son surnom enfantin de Boulou.

– C'est bien cela, mon cher Maître ? Je parle sous votre contrôle, dit à ce moment l'abbé Vinassan, en sc tournant courtoisement vers lui.

– C'est exactement cela, vous résumez le dossier avec une clarté admirable. Quel avocat vous auriez fait ! Et de quel avocat j'aurais besoin ! Renoncer à mon admiration pour le Maréchal était au-dessus de mes forces. Jusqu'au bout, j'ai cru à une entente secrète entre de Gaulle et lui. D'autres y croyaient aussi. Nous étions naïfs... Non, je m'exonère à trop bon compte. Je n'étais pas naïf. Je choisissais de l'être. En tout cas, c'est bien moi qui ai ajouté sur le papier, à l'intention de Raymond Peiresc, la mention « Père Louis », qui désignait en effet Louis de Sérac. Désignation sans doute transparente, mais qui nous paraissait sans danger, tant l'identification avec le fabricant de quinquina va de soi à Toulouse.

– Elle va tellement de soi que, moi qui ne bois jamais et qui n'ai de ma vie mis les pieds au Père

Louis, je m'y suis laissé prendre, intervient Mlle de Cantelou.

– Mais deux jours plus tard, reprend Maître Fauré de Lavèze, dont le ton a brusquement changé, mes protégés, ainsi qu'une autre famille, ont été arrêtés et déportés. Je les avais vus. Je les connaissais. Les enfants… Je leur avais apporté du chocolat. Voyez, j'étais un bon garçon, j'avais fait ma B.A. Quelle honte ! Une tablette de chocolat ! Aucun n'est revenu, bien sûr. Je les revois. J'en rêve, non pas chaque nuit, je ne veux pas exagérer, mais souvent. Ou bien je me réveille en sursaut, oppressé par un rêve dont je ne me souviens pas. Je ne me souviens pas du rêve, mais je sais bien pourquoi il m'oppresse. Pas un jour ou presque ne se passe sans que je me demande quelle faute, quelle imprudence j'ai pu commettre.

– Vous n'avez commis aucune faute, aucune imprudence, répond vivement l'abbé Vinassan. Mais les coupables ne seraient-ils pas Peiresc et X. ? Seul Peiresc a pu communiquer à X. le fameux papier. Et pourquoi X. serait-il allé rue de la Pleau avec ce papier sur lui, sinon pour le remettre à quelqu'un de la Gestapo ? Mais il s'est fait voler son portefeuille. Peut-être, après tout, se l'est-il fait voler délibérément, sauvant ainsi, non pas lui-même, qui ne courait, dans cette hypothèse, aucun danger, mais nos amis Fauré de Lavèze et Sérac. Nous pouvons porter ce doute à son crédit.

Restent à éclaircir deux mystères. Pourquoi ce papier, retrouvé plus de dix ans après et où ne figurait pas le nom de Peiresc, était-il si compromettant pour lui ? Et d'abord, comment a-t-il su qu'il était entre les mains de Mlle de Cantelou ?

L'abbé Vinassan ne cache pas qu'il croit connaître la réponse à la première question, la plus importante, mais que la seconde, certes mineure, continue de l'intriguer.

– Je crois, dit Mlle Piron-Blanchard d'une voix aussi aiguë mais moins assurée que de coutume, que c'est moi la coupable.

– Assez de coupables ! s'écrie l'abbé Vinassan. Seuls les coupables sont coupables. Chère mademoiselle, expliquez-vous.

– Nous nous sommes, évidemment, posé cette question, Émérencienne et moi : qui pouvait savoir que nous détenions ce portefeuille ? Que Maître Fauré de Lavèze nous pardonne : c'était lui que nous soupçonnions. Certes, je croyais être certaine qu'il ne m'avait pas vue le ramasser. Mais après tout, je pouvais me tromper. Son regard avait pu se poser sur moi pendant le court instant où je me suis baissée et où moi-même je ne le regardais pas. Personne d'autre, nous semblait-il, ne pouvait être au courant. Personne d'autre ne pouvait avoir vu ce portefeuille. Mais depuis que l'abbé Vinassan nous a révélé l'identité probable du coupable, une petite scène m'est revenue en mémoire. Il faut dire que j'ai longuement, trop longuement hésité avant de montrer le portefeuille à Émérencienne. De son contenu, je n'avais vu que la carte de visite de son frère, qui s'en était échappée quand je l'avais trouvé, et je pensais que c'était le sien. Je craignais de raviver le chagrin de mon amie. Je craignais ce que pouvait contenir ce portefeuille. Et puis, le lieu même où je l'avais découvert… Bref, j'hésitais.

« Un jour, au début du mois de juillet, je me suis presque décidée. Nous étions seules dans son salon, Émérencienne et moi. J'ai sorti le portefeuille de mon sac, je l'ai posé sur la table à ouvrage. J'allais parler quand Anne est entrée. J'ai voulu précipitamment cacher le portefeuille. Je l'ai fait tomber. Anne l'a ramassé. Du coup, quand Émérencienne, il y a quelques heures encore, la soupçonnait, avec quel désespoir ! d'être complice d'un père coupable, cet incident, sans que je le lui aie dit, me confirmait moi-même dans cette conviction. Mais les choses, ce jour de juillet, n'en sont pas restées là. J'étais si troublée que j'ai pris congé immédiatement, gauchement, et que je suis sortie en tenant toujours ce portefeuille à la main. Au pied de l'escalier, je suis tombée sur Rébeyrol et Peiresc. J'ai, une fois de plus, laissé échapper le portefeuille. C'est Rébeyrol qui l'a ramassé et me l'a rendu. Comme Anne, il a cru que c'était le mien. Il n'y a pas entendu malice. Du moment qu'il ne contenait ni cathare ni cor de Roland ! Peiresc, pendant ce temps, semblait fasciné par la Vespa d'Anne, garée dans la cour. Quand plus tard je les ai vus ensemble, bien que je ne me sois pas doutée un seul instant de l'intimité de leurs relations, cet intérêt pour un scooter ne m'a plus semblé étonnant. Il n'était pas étonnant, mais il était feint. Peiresc a vu le contenu du portefeuille, qui s'était ouvert en tombant. C'est ainsi, j'en suis certaine, qu'il a découvert qu'il était en ma possession et en a déduit sans peine que je le remettrais à Émérencienne. Je ne vois pas d'autre explication.

– Chère mademoiselle, dit l'abbé Vinassan, grâce à vous tout s'explique. Se doutant que le portefeuille était désormais chez Mlle de Cantelou, Peiresc a joué auprès des Rébeyrol le rôle de l'ami dévoué, qui vient arroser les plantes pendant que la famille est en vacances, à seule fin de surveiller ce qui se passait chez Mlle de Cantelou et de guetter sa chance de voler le papier. Un papier si compromettant pour lui que, pensant que Mlle de Cantelou me l'avait confié et que je l'avais sur moi, il n'a pas hésité à m'assommer (car je suis certain que c'est lui, et croyez qu'il y est allé de tout son cœur, le bougre !). Mais il ne m'a pris que mon propre portefeuille. Un papier si compromettant, enfin, qu'il n'avait pas hésité non plus, semble-t-il…

Ici, l'abbé s'interrompt brusquement. Il allait dire que la pièce de vêtement oubliée par Anne dans l'appartement des Rébeyrol, la jeune fille paraissait bizarrement la chercher dans le bureau. Peiresc, soucieux de surprendre par le conduit de la cheminée les propos de Mlle de Cantelou, aurait-il eu la perversité de persuader la pauvre petite que leurs ébats auraient plus de piquant dans le sanctuaire du savant Émilien ? Il se garde bien, toutefois, d'accabler davantage les malheureux parents en formulant cette hypothèse et, se ressaisissant bien vite, il reprend le fil de sa reconstitution :

– Et pourquoi ce papier était-il compromettant ? Parce qu'on y avait noté, bien imprudemment, une adresse. Cette adresse était celle d'une toulousaine, à l'époque inhabitée et à demi en ruines, située à la Croix-Daurade, qui appartenait, et qui appartient toujours, à la mère de Peiresc. Celui-ci y avait généreusement caché une famille juive. Il avait proposé à Maître Fauré de Lavèze, qui la lui avait confiée, de la conduire jusqu'à cet abri sûr. Toute la famille s'y est fait cueillir au petit matin, dans cet abri sûr, et a été déportée par le dernier convoi parti de Toulouse. Peut-être le portefeuille de X. lui a-t-il été volé trop tard. Ou peut-être la Gestapo a-t-elle été prévenue par l'auteur du vol sans que X. lui-même y soit pour rien. Mais pour ce qui est de Peiresc, son acharnement à récupérer ce papier ne plaide guère en faveur de son innocence. Il m'est arrivé de m'étonner qu'il soit sur son passé de résistant d'une discrétion qui n'est guère dans son caractère. Mais j'avoue que l'idée qu'il pouvait avoir livré ses protégés ne m'a jamais effleuré. Vous non plus, mon cher Maître. Nous avions tort. Il faut toujours envisager le pire.

« Voilà. Mais à quoi bon remuer le passé ? À présent, le papier a définitivement disparu. On ne prouvera jamais rien contre X. ni contre Peiresc. Le premier va poursuivre sa brillante carrière. Il compte bien devenir président du Conseil, et pourquoi ne le serait-il pas ? Cela fera plaisir à notre ami Dumesnil. Le second a, certes, perdu un trésor avec votre petite Anne. Mais il s'en remettra sans peine. Elle en souffrira plus que lui. Il continuera à être reçu dans le monde, à plaire aux dames, à donner des conférences et à faire des vers. Peut-être finira-t-il, mon cher Maître, par être votre confrère à l'Académie des Jeux Floraux. Oui, je sais, vous vous jurez de l'en empêcher. Je ne suis pas certain que vous y parviendrez.

Il se tait. Tous se taisent, jusqu'à ce que Mlle de Cantelou conclue :

– Bref, Arnaud a payé pour tout le monde. Il n'était bon qu'à cela. À payer pour tout le monde. À payer la tournée, comme il disait. J'ai cette expression en horreur. C'était toujours lui qui payait la tournée. Au moins, il l'a payée jusqu'au bout.

⁂

Le lundi 5 novembre, alors que la mort du cardinal Saliège, survenue la veille, met la ville en émoi, Marie-Thérèse Rébeyrol, en allant chercher les enfants à l'école, rencontre une fois de plus Kopf, qui revient du lycée. Ils se sont presque heurtés à l'angle de la rue Ozenne. Sinon, si cela avait été possible, ils se seraient évités. Ils sont embarrassés. Ils sont embarrassés à cause de la scène de l'avant-veille, chez l'abbé Vinassan. Elle est embarrassée du rôle qu'y a joué son mari. Il est embarrassé du rôle qu'on a fait jouer à Émilien Rébeyrol. Il était clair qu'on n'en tirerait rien de plus. À quoi rimait cet interrogatoire ? L'abbé Vinassan semblait prendre plaisir à le ridiculiser. Si c'est cela, la charité selon les catholiques ! Et puis, ils sont embarrassés parce qu'ils sont embarrassés. Parce que c'est lui, parce que c'est elle.

Heureusement, l'événement du jour fournit un sujet de conversation. D'un air à la fois pénétré et absent, ils font à tour de rôle l'éloge du cardinal Saliège en phrases si convenues qu'ils en ont honte et les laissent en suspens, interrompues.

Marie-Thérèse se ressaisit, adopte un ton enjoué, mondain. Elle interroge Kopf sur son travail, sur le lycée, sur ses collègues. Par son mari, elle connaît certains d'entre eux. Elle prononce le nom de Peiresc, un vieil ami. L'embarras de Kopf ne fait que croître. Il n'ignore pas que Peiresc est très lié aux Rébeyrol. S'ils savaient ! S'ils savaient de quel crime abominable il est soupçonné, presque convaincu ! Mais ils ne savent rien. Samedi, l'abbé Vinassan a attendu qu'ils soient partis pour faire part aux autres de ses déductions. De toute façon, ils ignorent tout de cette histoire de portefeuille et de papier compromettant. Kopf est contraint au silence, mais il souffre d'entendre Marie-Thérèse Rébeyrol parler de Peiresc comme d'un ami sûr et fidèle.

Elle devine sa réticence. Pas un mot, pas un murmure d'acquiescement à ses propos sur Peiresc. Elle se méprend sur ses raisons. Certes, concède-t-elle, Peiresc est agaçant, sûr de lui, insinuant, désinvolte.

– Je comprends que vous ne l'aimiez pas. Il vous ressemble si peu !

Elle rougit, comme si cette constatation était un aveu.

Elle-même, continue-t-elle, partage ces réserves. Pourtant Peiresc lui est cher. Elle éprouve pour lui, bien qu'il ne paraisse guère à plaindre, une sorte de pitié affectueuse. C'est à cause de quelque chose qui s'est produit tout à la fin de la guerre. Elle n'en a jamais parlé à personne, pas même à Émilien, mais à lui, Kopf, qui a été mêlé de si près à tout cela, elle peut le dire, elle ose le dire, parce qu'elle voit bien qu'il juge Peiresc trop sévèrement.

Un matin, peu de temps avant la libération de Toulouse, Peiresc, très agité, s'est présenté chez elle (« je veux dire chez mes parents ») pour lui emprunter sa bicyclette : un pneu de la sienne était crevé, on ne trouvait plus de rustines nulle part. Il lui a expliqué (il n'avait pas besoin de le faire, elle ne lui demandait rien, elle lui aurait prêté son vélo de toute façon bien volontiers, mais il était hors de lui, il avait besoin de lui parler) – il lui a expliqué qu'un papier compromettant risquait de tomber aux mains de la police allemande. Il avait besoin de la bicyclette pour aller avertir ceux que ce papier mettait en danger. Il y est allé. Mais il semble qu'il ait été suivi. En voulant sauver ces pauvres gens, il a involontairement révélé leur cachette. Elle l'a vu désespéré quand il est revenu le lendemain le lui dire, en l'avertissant qu'on remonterait certainement jusqu'à lui, et aussi jusqu'à elle, à cause du vélo, et qu'ils devaient se cacher. Elle est allée loger chez une amie, mais il ne s'est rien passé. D'ailleurs, quelques jours plus tard, c'était la Libération.

Elle n'oublie pas le Peiresc décomposé, anéanti, qu'elle a vu ce jour-là. Elle sait qu'il porte encore cette blessure. C'est pour cela que, tout arriviste et plein de lui-même qu'il puisse être, il ne s'est jamais targué de ses activités dans la Résistance, comme il aurait pu le faire, comme tant d'autres l'ont fait, comme il aurait été dans son caractère de le faire. Elle lui en sait gré et lui pardonne pour cela bien des faiblesses.

Marie-Thérèse se tait brusquement. Peut-être a-t-elle eu tort de faire cette confidence à Kopf. L'espace d'un instant, elle s'est crue reportée à cette époque. Il lui semblait faire un rapport à son chef de réseau. Lui écoute, silencieux, serrant ses lèvres minces. Comme il est facile de ruiner injustement la réputation d'un homme ! Ainsi, cette famille juive aurait été arrêtée, non parce que Peiresc l'aurait livrée, non parce que X. ou la personne qui détenait son portefeuille l'auraient fait, non parce qu'on aurait trouvé le papier sur l'un ou sur l'autre, mais à cause de cette petite imprudence de Peiresc, uniquement causée par la hâte de mettre ses protégés à l'abri. Il est vrai que Peiresc a pu jouer la comédie devant celle qui était à l'époque Marie-Thérèse Vernet. Mais quel intérêt pouvait-il y trouver ? Pourquoi attirer son attention sur le fait qu'il pouvait être lié à l'arrestation de ces malheureux ? Il est vrai aussi que bien des questions restent sans réponse. Pourquoi Peiresc voulait-il à toute force récupérer ce papier ? Est-il vraiment l'agresseur de l'abbé Vinassan ? L'abbé Vinassan… Kopf se demande s'il réussira à le persuader de l'innocence de Peiresc, s'il réussira à en persuader tous ceux qui étaient réunis chez lui avant-hier. En tout cas, Mme Fauré de Lavèze lui en veut probablement plus d'avoir séduit sa fille que d'avoir livré une famille juive. De son côté, Peiresc n'a certainement rien à espérer.

Il est perdu en lui-même, il semble avoir oublié Marie-Thérèse. Elle s'inquiète de son silence, de son air préoccupé. L'a-t-il trouvée indiscrète ? Est-il troublé pour une autre raison – celle-là même qui fait qu'elle est troublée aussi et ne peut se le cacher. Elle s'effraie à l'idée de le rencontrer régulièrement à l'avenir, s'ils ont les mêmes horaires. Que se passera-t-il, si chaque lundi… ? Il a la même pensée. Il se dit qu'il doit éviter ces rencontres. Désormais, le lundi, il restera un peu plus tard au lycée.

Ils se séparent sur quelques propos insignifiants.

⁂

Peiresc est assis à la table du petit déjeuner, en face de sa mère. Le courrier vient d'arriver. Il relit les quelques mots par lesquels Anne lui signifie que tout est fini entre eux. Sa mère a beaucoup baissé ces derniers temps. Elle ne prête aucune attention à lui. Elle reste là, tassée sur elle-même, les mains agitées, le regard fixe, la lèvre tremblante. Elle bave un peu.

Quelle différence avec cet autre petit déjeuner, six mois plus tôt ! Elle n'avait déjà plus toute sa tête, mais elle avait encore toute sa vivacité. Il lisait aussi la lettre d'une jeune fille. Cette fois, c'était lui qui avait rompu. Sa mère le regardait :

– Encore une de tes poules ? C'est la Juive ?

– Voyons, maman !

– Comme si je ne le savais pas, que tu aimes les juifs ! Tu as tort !

– Voyons, maman !

– Je ne t'ai peut-être jamais raconté que j'ai vu Dreyfus, un jour ?

– Si, maman, tu me le racontes tous les jours.

– J'ai vu Dreyfus aux grandes manœuvres, à Tarbes, deux ans avant la Grande Guerre. Il avait bien une tête de traître !

– Mais, maman, Dreyfus n'était pas un traître !

– Tu crois cela ! Ton pauvre père l'a trouvé aussi, qu'il avait une tête de traître. Dire qu'on obligeait des officiers français à servir sous cet homme-là ! Ton père était indigné. Il disait : j'aimerais mieux démissionner de l'armée !

– Mais, maman, Dreyfus n'avait pas trahi !

– Tais-toi ! Si ton père n'était pas mort à Douaumont, il t'aurait dressé, lui ! Si je n'avais pas dû t'élever toute seule, tu te conduirais autrement ! Tu ne dirais pas des horreurs pareilles ! Tu ne ferais pas des horreurs pareilles ! Une maîtresse juive ! Et tu crois peut-être que je ne l'ai pas su, que tu avais mis des juifs dans la maison de la Croix-Daurade, en 44 ? Des juifs dans la maison de ton grand-père ! Si je n'y avais pas mis bon ordre… !

S'il n'avait pas vécu depuis quelques jours avec l'horreur de cette révélation, aurait-il reconnu au premier coup d'œil le papier qui s'était échappé du portefeuille que l'amie de Mlle de Cantelou avait laissé tomber ? Aurait-il pensé au portefeuille de X. ? En tout cas, cela ne lui aurait pas fait une telle impression. Mais là ! Douze ans à se ronger, lui, l'aimable Peiresc, le chéri de ces dames ! Douze ans à se reprocher d'avoir causé la mort de ces gens, d'avoir été imprudent, de n'avoir pas su voir qu'il était suivi ! Tout cela pour apprendre que c'était sa mère… Et penser qu'à cause de ce papier, cette histoire pouvait resurgir, qu'on pouvait remonter jusqu'à elle ! Il suffirait d'aller à la préfecture : les archives étaient certainement en ordre…

Il revoyait X., ce matin-là. Il n'en menait pas large, le futur grand homme ! Il s'était précipité chez lui à peine relâché, avec sa lèvre tuméfiée et sa chemise sale. Il lui avait avoué qu'il était allé la veille rue de la Pleau avec ses vrais papiers et la feuille où était notée, entre autres, l'adresse de la maison de la

Croix-Daurade. Mais qu'est-ce qu'il avait donc dans la tête ? Celui-là, quand l'envie de baiser le prenait, rien ne pouvait l'arrêter ! Il était comme cela : cette insouciance, cette façon de prendre tout à trac des risques inutiles. Peiresc se dit souvent qu'il est plus prudent aujourd'hui avec sa carrière qu'il ne l'était à l'époque avec sa vie ou celle des autres. Bref, il était allé rue de la Pleau avec sur lui de quoi causer sa mort et celle de dix personnes. Oui, il avait eu tort, il en convenait. Mais ce n'était pas tout. Il y avait eu une descente, on l'avait arrêté. Peiresc blêmissait déjà.

– Attends, ne t'affole pas ! On me demande mes papiers : plus de portefeuille ! C'est la pute qui a dû me le prendre. Du coup, ni vu, ni connu, je t'embrouille. Elle m'a rendu un sacré service ! Évidemment, ils m'ont gardé toute la nuit et ils m'ont fait passer l'envie d'aller au bordel sans papiers. Mais enfin, ils ont fini par me relâcher.

X. reprenait peu à peu son assurance, son air protecteur, ce besoin de toujours montrer que c'était lui le chef. Il zozotait seulement un peu, à cause de sa lèvre. Tout de même, il a ajouté un ton plus bas :

– Savoir ce qu'il est devenu, ce portefeuille, savoir entre les mains de qui il peut tomber ! Il vaudrait mieux faire gaffe, que tes protégés ne restent pas à la Croix-Daurade.

– Figure-toi que j'y avais pensé tout seul. Je m'en occupe.

Il avait fait aussi vite qu'il avait pu, mais son vélo avait crevé. Rien pour le réparer. Il avait dû aller emprunter celui de Marie-Thérèse Vernet. Il avait perdu du temps. Et il avait toujours pensé qu'il avait été suivi, que X. lui-même était peut-être suivi quand il était arrivé chez lui. Ensuite, c'était plus fort que lui, il a évité de le revoir. Il a laissé la Libération se faire sans lui. Il a laissé X. devenir ministre tout seul. Il ne dit à personne qu'ils se connaissaient à cette époque. Il ne parle jamais de ce passé.

Mais non. Le portefeuille était en sûreté. Et personne ne les avait suivis. Tout cela, c'était le travail de maman. Maman s'était chargée de tout nettoyer. Maman était une bonne ménagère. Maman était une bonne Française. Et puis maman était tellement modeste ! Maman n'avait jamais dit à son grand garçon qu'elle était une si bonne ménagère, une si bonne Française. Elle a attendu douze ans. Elle a attendu d'être gâteuse.

Il a fait ce qu'il fallait. Il a été un bon fils, une fois de plus, comme toujours. Il a récupéré le papier. Il a détruit le papier. Personne ne viendra ennuyer sa pauvre vieille maman. C'est vrai : il a utilisé Anne pour récupérer ce papier. Où était le mal ? Elle ne s'est jamais plainte d'aller faire cela chez les Rébeyrol. Cela l'amusait presque autant que lui. Et aujourd'hui… Pourquoi cette rupture soudaine, ce ton glacial ? Pas un mot d'explication. Qu'a-t-il fait ? Que s'est-il passé ?

Raymond Peiresc, avec son cabriolet, son insouciance, ses succès, ses aventures… Il ne savait pas que l'on pouvait souffrir autant. Anne, il l'aimait. Il l'aimait vraiment.

⁂

Journal d'Émilien Rébeyrol
Samedi, 10 novembre 1956

Tout à l'heure, en rentrant du lycée, je suis allé, comme samedi dernier, chercher Michel et Chantal à l'école. Cette fois, j'étais à l'heure. C'est que Marie-Thérèse tenait à assister aux obsèques du cardinal Saliège. En arrivant à la maison, je l'ai trouvée installée au salon en compagnie de Mlle de Cantelou (ce qui est une façon de dire qu'elles occupaient mon bureau). Toutes deux avaient les larmes aux yeux. Mlle de Cantelou, au moment où je suis entré, citait la lettre pastorale du 23 août 42. Je ne veux pas jouer les mauvais esprits, mais quand on pense à ce que faisait son frère pendant ce temps-là… À l'instant où cette réflexion me traversait l'esprit, j'ai eu l'impression qu'elle lisait dans ma pensée, car, en me regardant, elle a rappelé brusquement, sans raison apparente, le mot de Mgr Saliège qui, présenté, lors d'une émission radiodiffusée, comme l'évêque de la Résistance, avait répondu : « Je suis l'évêque de tout le monde. »

Marie-Thérèse a accompagné le convoi de la basilique Saint-Sernin, où a eu lieu la veillée funèbre, jusqu'à la cathédrale Saint-Étienne, où a été célébrée la messe de sépulture. Mlle de Cantelou, à qui son âge et la fragilité de sa cheville interdisaient ce long trajet, a dû se contenter d'aller directement à Saint-Étienne. Elle le regrettait amèrement et ne se lassait pas d'entendre Marie-Thérèse lui donner tous les détails. Devant le char funèbre venaient les élèves du Petit et du Grand Séminaire, le clergé du diocèse, le cardinal Gerlier, archevêque de Lyon, et le cardinal Roques, archevêque de Rennes, enfin, portant la mitre blanche et la cape noire, Mgr de Courrèges, évêque de Montauban. Derrière le char, deux Scouts de France, portant le chapeau et les décorations du cardinal, précédaient Mgr Garrone et ses vicaires généraux, la famille, les personnalités, les professeurs de l'Institut catholique en toge, conduits par le recteur Mgr de Solages, les délégations.

L'immense cortège n'a pas suivi le chemin le plus court, par la place du Capitole : la rue du Taur, la rue Saint-Rome auraient été trop étroites pour contenir la foule massée sur son passage. Il a quitté la place Saint-Sernin par la rue Saint-Bernard, a suivi les boulevards jusqu'à la place Jeanne d'Arc, a emprunté la rue d'Alsace-Lorraine, remonté la rue de Metz, traversé le jardin de la cathédrale pour atteindre enfin la place Saint-Étienne, où ont été rendus les honneurs militaires.

Toutes les organisations juives, de la Résistance juive et des déportés juifs, étaient présentes, avec un nombre incalculable de gerbes. Marie-Thérèse a vu une banderole portant l'inscription : « Honneur au Cardinal des juifs ».

Mlle de Cantelou et elle ont longuement commenté la messe de sépulture, où elles se sont retrouvées, tout au fond de la cathédrale : la célébration par l'archevêque de Paris, le cardinal Feltin, les commentaires du chanoine Martimort, les cinq absoutes présidées par le cardinal Gerlier, et la brève allocution dans laquelle il a salué « ce courage indomptable dont le cardinal Saliège a donné l'exemple toute sa vie, mais particulièrement dans les temps les plus difficiles, durant les années où la France subissait une domination douloureuse ». Elles énuméraient les personnalités qu'elles avaient reconnues : Vincent Auriol, Georges Bidault, le général de Larminat, et bien d'autres.

Elles en sont tout naturellement venues à comparer cette cérémonie avec celle d'il y a dix ans, pour l'élévation de Mgr Saliège au cardinalat, cérémonie qui, comme on sait, a eu lieu, elle aussi, à Toulouse, le pape ayant dispensé le pauvre prélat impotent de se rendre au Consistoire. Elles échangeaient leurs souvenirs. C'était Marie-Thérèse, alors, qui n'avait pu y assister d'un bout à l'autre. Elle attendait Michel et n'avait osé pénétrer dans la basilique de la

Daurade, de peur d'être étouffée par la foule. Elle avait attendu dehors, suivi le cortège qui remontait lentement la rue de Metz, mais, fatiguée, n'avait pu aller jusqu'à la cathédrale Saint-Étienne, où Mlle de Cantelou, pour sa part, avait assisté au salut solennel au Saint-Sacrement. Marie-Thérèse revoyait seulement l'immense *cappa magna* sous laquelle disparaissait le gros petit homme infirme, que le nonce Roncalli avait un jour, dit-on, comparé à un sac de pommes de terre.

C'est encore Mlle de Cantelou qui a soutenu que le nouveau cardinal avait été fait le même jour Compagnon de la Libération. Il me semble pourtant bien me rappeler que le général de Gaulle l'avait élevé à cette dignité dès l'année précédente.

Sans être aussi sentimental que ces dames, j'avoue que cette disparition m'émeut, comme elle émeut, depuis lundi, la ville entière. Mais elle ne m'empêche pas de repenser avec lucidité aux événements des deux derniers mois. La scène désagréable chez l'abbé Vinassan, il y a tout juste une semaine, m'a ouvert les yeux. Marie-Thérèse peut penser ce qu'elle veut de son cher abbé, je ne suis pas dupe. Je sais maintenant qui m'en veut et pourquoi. À force d'étudier le dualisme, l'abbé est devenu cathare. Son agression, dont il s'est remis si rapidement, était une mise en scène. Je sais bien que *La Dépêche du Midi* a annoncé il y a deux jours l'arrestation de son agresseur : on aurait trouvé dans sa poche une image de la Sainte Vierge que l'abbé conservait toujours sur lui.

À d'autres ! Je la trouve un peu trop commode, cette histoire de pieux apache qui se fait alpaguer opportunément ! Ce que je retiens surtout, c'est l'impudence avec laquelle l'abbé Vinassan m'a dit en face qu'il savait qui était mon cambrioleur. Sur ce point, je le crois sans peine ! Et je le soupçonnerais volontiers lui-même, si je n'avais distinctement vu une jambe de pantalon passer au-dessus de l'appui de la fenêtre. Même pour un cambriolage, il n'enlèverait pas sa soutane.

C'est la preuve, en tout cas, que les cathares sont partout. Je suis sûr qu'ils ont investi l'Académie des Jeux Floraux. Je désespérerais d'y entrer si je ne savais y compter quelques appuis solides, comme le professeur Dumesnil, très aimable avec moi depuis notre rencontre rue du Japon, et si je n'avais la satisfaction de constater que Peiresc paraît depuis quelques jours en disgrâce auprès des Fauré de Lavèze.

Du même auteur :

LA PASTOURELLE, Bordas, 1972.

LA PRÉDICATION EN LANGUE ROMANE AVANT 1300, Champion, 1976.

LES CHANSONS DE TOILE, Champion, 1978.

ROMAN ROSE ET ROSE ROUGE, Nizet, 1979.

LE ROMAN D'APOLLONIUS DE TYR, U.G.E. 10/18, 1982. Nouvelle édition revue et mise à jour, Le Livre de Poche, 2006.

LA SUBJECTIVITÉ LITTÉRAIRE AUTOUR DU SIÈCLE DE SAINT LOUIS, PUF, 1985.

RUTEBEUF. ŒUVRES COMPLÈTES, 2 vol., Classiques Garnier, 1989-1990. Nouvelle édition revue et mise à jour, Le Livre de Poche, 2001.

LES VOIX DE LA CONSCIENCE, Paradigme, 1992.

LITTÉRATURE FRANÇAISE DU MOYEN ÂGE, PUF, 1992. Nouvelle édition revue et mise à jour, Quadrige, 2004.

INTRODUCTION À LA LITTÉRATURE FRANÇAISE DU MOYEN ÂGE, Le Livre de Poche, 1993.

LEÇON INAUGURALE DE LA CHAIRE DE LITTÉRATURES DE LA FRANCE MÉDIÉVALE DU COLLÈGE DE FRANCE, Collège de France, 1995.

LE MOYEN ÂGE ET SES CHANSONS OU UN PASSÉ EN TROMPE-L'ŒIL, Éditions de Fallois, 1996.

LE TIERS D'AMOUR. UN ROMAN DES TROUBADOURS, Éditions de Fallois, 1998.

FROISSART ET LE TEMPS, PUF, 1998.

LE JONGLEUR DE NOTRE-DAME. CONTES CHRÉTIENS DU MOYEN ÂGE, Le Seuil, 1999.

DÉODAT OU LA TRANSPARENCE. UN ROMAN DU GRAAL, Le Seuil, 2002.

POÉSIE ET CONVERSION AU MOYEN ÂGE, PUF, 2003.

ARSÈNE LUPIN ET LE MYSTÈRE D'ARSONVAL, Paris, Éditions de Fallois, 2004. Réédition, Le Livre de Poche, 2006.

LE MOYEN ÂGE À LA LETTRE. UN ABÉCÉDAIRE MÉDIÉVAL, Tallandier, 2004.

NATURE ET POÉSIE AU MOYEN ÂGE, Fayard, 2006.

SEULS LES ENFANTS SAVENT LIRE, Tallandier, 2009.

Livres écrits en collaboration :

GIRART DE ROUSSILLON OU L'ÉPOPÉE DE BOURGOGNE. Commenté par M. Thomas et M. Zink. Adaptation de R.-H. Guerrand, Philippe Lebaud, 1990.

HISTOIRE EUROPÉENNE DU ROMAN MÉDIÉVAL. ESQUISSE ET PERSPECTIVES, par M. Stanesco et M. Zink, Paris, PUF, 1992.

L'ART D'AIMER AU MOYEN ÂGE, par M. Cazenave, D. Poirion, A. Strubel, M. Zink, Philippe Lebaud, 1997.

PAGES MANUSCRITES DE LA LITTÉRATURE MÉDIÉVALE, par G. Hasenohr et M. Zink, Le Livre de Poche, 1999.

HISTOIRE D'AMOUR SANS PAROLES. MS. 388 DU MUSÉE CONDÉ, CHANTILLY. COMMENTAIRE À L'ÉDITION FAC-SIMILÉ, par P. Stirnemann et M. Zink, Müller & Schindler, 2005.

Direction d'ouvrages collectifs :

RÉCEPTION ET IDENTIFICATION DU CONTE DEPUIS LE MOYEN ÂGE. Textes réunis par M. Zink et X. Ravier, Presses de l'Université de Toulouse-Le Mirail, 1987.

DICTIONNAIRE DES LETTRES FRANÇAISES – LE MOYEN ÂGE, sous la direction de G. Hasenohr et de M. Zink, Paris, Le Livre de Poche, 1992.

LES ÂGES DE LA VIE AU MOYEN ÂGE. Textes réunis par H. Dubois et M. Zink, Presses de l'Université de Paris-Sorbonne, 1992.

APOGÉE ET DÉCLIN. Textes réunis par C. Thomasset et M. Zink, Presses de l'Université de Paris-Sorbonne, 1993.

CHRÉTIEN DE TROYES. ROMANS, Paris, Le Livre de Poche, 1994.

L'HOSTELLERIE DE PENSÉE. ÉTUDES SUR L'ART LITTÉRAIRE AU MOYEN ÂGE EN L'HONNEUR DE DANIEL POIRION. Textes réunis par M. Zink et D. Bohler, Presses de l'Université de Paris-Sorbonne, 1995.

IDENTITÉ LITTÉRAIRE DE L'EUROPE. Sous la direction de M. Fumaroli, Y. Bonnefoy, H. Weinrich, M. Zink, PUF, 2000.

DICTIONNAIRE DU MOYEN ÂGE. Sous la direction de C. Gauvard, A. de Libera, M. Zink, PUF, 2002.

L'ŒUVRE ET SON OMBRE. QUE PEUT LA LITTÉRATURE SECONDAIRE ? Sous la direction de M. Zink, Éditions de Fallois, 2002.

LE MOYEN ÂGE DE GASTON PARIS. Sous la direction de M. Zink, Odile Jacob, 2004.

LA GRÈCE ANTIQUE SOUS LE REGARD DU MOYEN ÂGE OCCIDENTAL, éd. J. Leclant et M. Zink, de Boccard, 2005.

NAISSANCE, RENAISSANCES. MOYEN ÂGE – XVIe siècle, dirigé par F. Lestringant et M. Zink (*Histoire de la France littéraire*, sous la direction de M. Prigent), PUF, 2006.

FROISSART DANS SA FORGE. Colloque réuni par Michel Zink, de Boccard, 2006.

L'HOMME FACE AUX CALAMITÉS NATURELLES DANS L'ANTIQUITÉ ET AU MOYEN ÂGE, éd. J. Jouanna, J. Leclant et M. Zink, de Boccard, 2006.

PÉTRARQUE ET L'EUROPE, G. Gorni, Chr. Carraud, Michel Zink, C. Ossola *et al.*, 2006.

MOYEN ÂGE ET RENAISSANCE AU COLLÈGE DE FRANCE, éd. P. Toubert et M. Zink, Fayard, 2009.

Composition réalisée par FACOMPO (Lisieux)

Achevé d'imprimer en décembre 2009 en France sur Presse Offset par
LITOGRAFIA ROSÉS S.A.
08850 Gavá
Dépôt légal 1re publication : décembre 2009
LIBRAIRIE GÉNÉRALE FRANÇAISE
31, rue de Fleurus – 75278 Paris Cedex 06

31/2447/6